KB201861

Moi Finland

글·사진 • 이나무

Moi Finland

저자구 고순도의 고요한 행복

INTRO

8

모이(Moi)와 안녕 사이

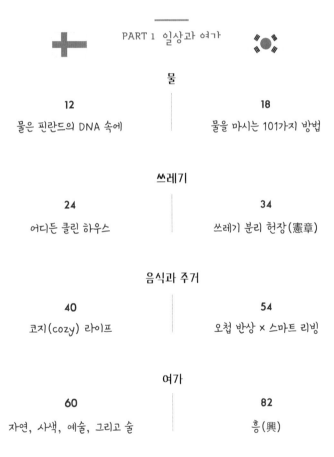

Finn Story 1 사우나

 PART 2 관계와 지지

 Finn Story 2 컬쳐푸드

PART 3 권리와 의무

Finn Story 3 라이브러리

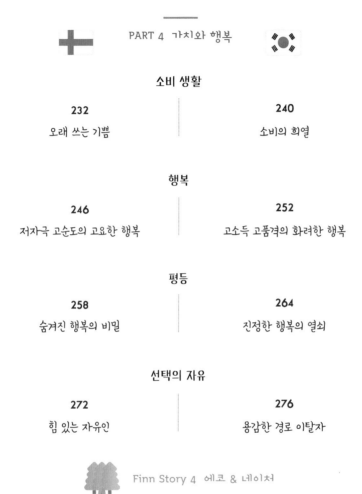

모이Moi와 안녕 사이

모이Moi는 핀란드 인사랍니다.
가끔 진흙탕 같은 마음이 될 때 찾아보는 영화가 있어요. 핀란드
가 배경인 영화 「카모메 식당」이죠. 멍하게 보고 있으면 마음속 부
유물이 어느새 가라앉고 이내 맑아진답니다. 영화 속엔 이런 대화
가 나와요.

"왜 핀란드 사람들은 그렇게도 고요하고 평온해 보일까요?"
"숲이 있거든요, 우리에겐 울창한 숲이 있어요."

고요와 평온, 숲, 그리고 핀란드.
가만히 가만히 읊조리며 상상해 보면 왠지 그냥 안심이 돼요.
그렇게 주문만 외우던 어느 날, 지친 마음을 달래보겠다며 핀란드
로 갔답니다. '영혼 정화 연수'라는 나름의 거창한 이름으로 말이죠.
그리고 알게 되었습니다. 핀란드 사람들이 그토록 고요하고 평온
할 수 있는 건 울창한 숲이 있기 때문만은 아니라는 걸요.

핀란드의 고요와 평온의 까닭이 궁금한 당신이라면, 오늘 나 자신
의 혼란과 불안을 이해하고 싶은 날 함께 해주세요.
모이 핀란드, 안녕 그대.

PART 1

일상과 여가

" 물은 그냥 수돗물 먹으면 돼요
핀란드에서는 모두 그렇게 한답니다 "

물은 핀란드의 DNA 속에

핀란드의 여러 가정집에 머무르던 첫날, 모든 호스트는 나에게 지내는 동안 기본적으로 필요한 것들을 친절히 알려주었다. 그중 가장 먼저 들은 얘기는 '물은 그냥 수돗물 먹으면 돼요. 핀란드에서는 모두 그렇게 한답니다In Finland, We just drink tap water'라는 말이었다. 핀란드 사람들에게는 당연하고도 대수롭지 않은 일이지만, 가지지 못한 자로서 그 말에서 느껴지는 그들의 여유가 몸서리치게 부러웠다.

'네... 저는 물을 비싸고 무겁게 마트에서 사 와 마시고요, 집에 정수기도 있어요. 그마저도 솔직히 신선함을 느끼는 맛은 아니랍니다. 오 이런...'

핀란드 사람들에게 실제로 물부심수돗물에 대한 자부심이 있는지는 모르겠지만 나는 그들로부터 묘한 열등감과 억울함을 느꼈다. 그렇게 핀란드에 머무는 동안 신세계가 열렸다. 언제나 콸콸 쏟아지는 신선하게 맛 좋은 수돗물을 컵에 따라 벌컥벌컥 실컷 마셨다. 부엌에서뿐 아니라 욕실에서 세수하다가, 샤워하다가도 물을 마셨다. 생수 페트병이 쌓일 대로 쌓여 라벨지와 뚜껑을 분리하고, 양손 가득 끌어안고서 재활용 쓰레기장으로 가야 하는 시시포스의 형벌로부터도 해방되었다.

　　문득 궁금해졌다. 핀란드 사람들은 수돗물을 왜 안심하고 먹는 걸까? 핀란드는 1950년대부터 수자원 전문 지식을 개발해왔다고 한다. 1962년에는 물을 관리하는 법안을 새롭게 제정하고 1974년에는 폐수 요금 법을 제정하기도 했다. 정부뿐 아니라 시민 사회와 산업도 귀중한 자원인 물을 관리하기로 한 결정에 동의하고, 함께 행동하게 되었다. 핀란드는 국토 면적의 70%가 숲, 10%가 호수다. 핀란드는 호수의 땅이라고 불릴 만큼 호수가 많고 어디에서나 물이 풍부하다. 유니세프와 유네스코의 연구에 따르면 핀란드의 물은 세계에서 가장 순수하고 세계 최고의 수질로 알려져 있다. 핀란드의 국민이 수돗물을 안심하고 음용할 수 있는 것은 국가와 국민 간의 신뢰가 있기 때문이다. 국가는 수돗물의 근원지에서 수도꼭지까지의 검증된 결과를 국민에게 공개하고 국민 역시 국가를 신뢰하며 물을 음용한다. 가정에 물이 전달되기까지 청결한 수도관 관리는 필수적인데, 핀란드에서는 노후 된 수도관 관리를 철저하게 하도록 법제화하고 있고 불시 점검을 통해 잘 관리되고 있지 않으면 벌금을 부과하기도 한다.

　　우리나라에서는 최근 붉은 수돗물, 흙탕물, 파란 수돗물, 수돗물 유충 사태 등 여러 가지 수돗물 관련 심각한 이슈들이 불거지고 있다. 믿고 편하게 수돗물을 마실 수 있는 당연한 호사를 우리도 누려볼 순 없을까? 언젠가 우리 집에도 외국인 친구들이 머물게 되면 나도 당당하게 말하고 싶다.

　　"물은 그냥 안심하고 수돗물 마시면 돼요. 한국에서는 모두 그렇게 하거든요."

" 돈과 노력을 들여 오늘도 물 먹습니다 "

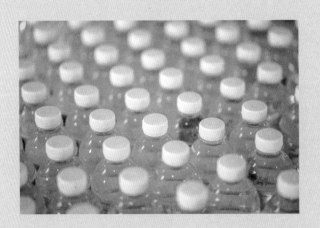

물을 마시는 101가지 방법

요즘 하루에 물 2L 마시기를 무엇보다 중요한 습관으로 가져보려고 열심히 물을 마시고 있다. '충분한 물을 섭취하는 것이 건강에 좋다'는 이야기를 한 번도 들어보지 않은 사람은 아마 없을 것이다. 아무도 의심하지 않는 그 말을 믿고 어떤 다른 건강 습관보다 비교적 쉬운 물 마시기 습관만은 사수해 보려고 노력 중이다. 물을 충분히 마시겠다는 의지까지는 좋았는데 마실 물을 충분히 마련해 두는 건 생각보다 쉬운 일이 아니었다. 이 말이 무슨 말인지 의아한 생각이 든다면 이어질 이야기를 한 번 들어보길 바란다.

2023년 기준, 사람들이 식수를 어떤 방식으로 마시고 있는지 관찰해보았다. 첫 번째 방법은 생수통 또는 생수병을 사서 마시는 것이다. 두 번째 방법은 수돗물을 끓여 먹거나 보리차로 끓여 먹는 것이다. 세 번째는 정수기를 사용하는 것. 정수기 사용에도 다양한 방법이 있는데 정수기 구매, 정수기 렌탈, 언더싱크 정수기(예. 3M), 수도꼭지형 정수기, 셀프케어 정수기(예. 브리타)를 사용하며 필터 리필을 반복해서 구매하는 것이 대표적인 방법이다. 이 중 어떤 방식을 선택하든 추가적인 고정 비용이나 수고로움을 들여야만 물을 마실 수가 있다.

일단 생수는 생수병이 계속 쓰레기로 발생하고 매번 처리하는 것도 귀찮다. 생수를 사서 올 때 무겁기도 하고 배달서비스를 이용하는 것도 배달 기사님들에게 아주 미안한 일이다. 무엇보다 생수는 가격도 비싸고 수질도 믿을 만하지 않다는 보도가 있다. 생수를 만들어 내는 과정에서 지하수 고갈이 일어나고 유통하는 과정에서는 엄청난 양의 이산화탄소가 배출되기도 한다. 생수 사 먹기를 포기한 나는 수돗물 먹기를 시도해 보았다. 매번 수돗물을 받아서 끓여 식혀 먹는 일도 만만치 않았다. 맛도 왠지 떨어지는 것 같아 보리차를 사서 함께 끓였는데 이마저도 보리차가 떨어지면 매번 다시 사야 하고, 끓이고 난 보리차 찌꺼기를 처리하는 것도 번거로운 일거리가 되었다. 그렇다면 정수기를 사용하는 수밖에 없다고 생각했지만, 정수기를 구매하거나 렌탈하는 것은 비용과 관리 면에서도 부담이 되었다. 비교적 초기비용이 덜 드는 언더싱크 정수기나 수도꼭지형 정수기도 꽤 가격이 높은 필터를 주기적으로 신경 써 교체해 줘야 한다. 결국 여러 가지 고민 끝에 셀프케어 정수기라고 하는 브리타를 사용하고 있다. 브리타는 한 달가량 사용할 수 있는 내장형 필터(약 8천 원)가 달린 플라스틱 물병에 수돗물을 받아 정수해 먹는 방식을 취한다. 이 또한 필터를 계속 구매해야 하고 다 쓴 필터는 보관해 두었다 수거 신청을 해야 하는 수고가 필요하다. 그나마 가장 합리적이고 덜 수고로우며, 환경에 폐를 덜끼치는 방법이라고 결론을 내려 고심 끝에 선택했다.

인간이 살아가는데 가장 기본이 되는 물조차도 피로감과 비용을 감당하며 어렵게 마셔야 한다는 사실이 안타깝다. 문득 어린 시절 할아버지를 따라 동네 뒷산 약수터에 가서 물을 받아오던 기억이 떠오른다. 물 만큼은 공짜로 믿고 마시던 시절, 심지어 물맛까지 꿀맛이었던 그때가 분명 있었다. 왜 우리는 집에서 편안하게 안심하고 수돗물을 마실 수 없는 걸까? 우리나라의 수돗물은 믿을 만하지 않은 걸까? 식수로서 수돗물을 안심하고 먹을 수 있도록 수돗물 수질에 대한 투명하고 정확한 정보가 제공되었으면 한다. 우리나라에서는 '마이워터*MyWater 물정보포털'라는 국가 상수도 정보 시스템을 통하면 전국의 정수장 수질 정보를 확인해 볼 수 있다. 신뢰할 수 있는 깨끗한 수돗물이 공급되어 많은 사람이 식수로 음용하는 생활로 옮아가길 바라본다. 물만큼은 편히 먹고 싶다.

★ 마이워터 MyWater 물정보포털
GIS 기반으로 사용자 접속지역의 물경로, 수질, 요금정보를 제공하는 내지역 물정보 웹사이트 (www.water.or.kr)

지속가능한 물과 삶
SUSTAINABLE WATER & LIFE

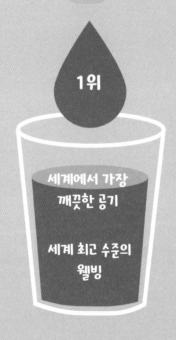

세계에서 물이
가장 풍부한 나라

1위

세계에서 가장
깨끗한 공기

세계 최고 수준의
웰빙

수돗물 음용에 대한 인식

수돗물을 마시지 않는
가장 큰 이유

"수돗물 자체에 대한 불안감"

"수돗물 그냥 먹기에는 왠지 심리적으로 찝찝해서"

"이물질 사태, 붉은 물 사태 등 수돗물에 대한 오염 사태가 있었기 때문에"

"상수도관 또는 배관이 낡아서 특유의 냄새가 나서"

"여러분과 함께 세계에서 가장 지속 가능한 도시 지역을 만들어 가겠습니다"

– HSY, 헬싱키 지역 환경 서비스

어디든 클린 하우스

　　핀란드라는 나라를 표현하는 가장 최상의 단어를 단 하나만 꼽으라면 '청결'이다. 어떤 누구의 집을 방문하더라도, 어떤 공공장소에 가더라도 맹세하건대 더럽다거나 지저분해서 불쾌했던 곳은 어디에도 없었다. 오히려 너무 깨끗해서 조심스러울 정도였다. 여행자인 나는 한국에서 짐을 가져가며 옷가지 외에도 약간의 즉석조리 식품이나 인스턴트 음식, 김치 통조림, 소스 등을 챙겨갔다. 외국에서 만날 친구들에게 줄 한국 과자 몇 가지도 가방 속에 넣었다. 이 말은 한국 쓰레기도 핀란드로 가져갔다는 뜻도 된다. 핀란드에 도착해 현지인의 집에 머무르면서 그들의 실제 생활방식을 관찰하고 최대한 피해를 주지 않도록 그 방식에 따르고 싶었다. 가장 곤란했던 것은 쓰레기 처리였다. 집안 곳곳을 아무리 찾아봐도 쓰레기통이 없었다. 결국 쓰레기를 한국에서 가져간 비닐에 모아두었다가 퇴근하고 돌아온 호스트 아주머니에게 물었다.

　　"혹시... 쓰레기는 어디에다 버려요?"

　　그는 나에게 부엌의 싱크대 밑 수납장을 열어 보였다. 집안의 쓰레기통이 있는 유일한 장소였다. 그 이후 다른 여러 가정집에 갔을 때도 쓰레기통이 있는 유일한 장소는 그곳뿐이었다. '싱크

대 밑에 쓰레기통을 두다니 너무 더럽지 않나?'라고 생각이 들지
도 모르겠다. 더럽지 않았다. 전혀. 싱크대 수납장 문을 열면, 평균
세 가지 구획으로 칸을 나눠둔 쓰레기통이 놓여있다. 쓰레기통 손
잡이를 당기면 앞으로 나왔다가 밀면 안으로 들어가는 형태다. 밑
에 바퀴가 달린 것이다. 일반 쓰레기, 플라스틱과 비닐, 종이를 따
로 각각의 칸에 분류하고 캔과 메탈은 별도로 모은다. 음식물 쓰레
기도 물론 따로 배출한다. 쓰레기를 싱크대 밑에 모아두지만 더럽
지 않다고 한 이유는 일단 쓰레기가 자체가 그다지 많이 나오지 않
고 쓰레기마저도 냄새나 물기 없이 깨끗하기 때문이다. 일반 쓰레
기라고 할 것이 거의 나오지 않는다. 재활용이 불가능해서 분리수
거가 불필요한 쓰레기가 일반 쓰레기인데, 그런 성격을 가진 쓰레
기는 가정에서 드물게 나오기 때문이다. 핀란드의 수도인 헬싱키
지역 환경 서비스 당국*HSY이 제시하는 혼합 쓰레기Mixed Waste의
예는 CD 또는 DVD, PVC 플라스틱재활용 불가능, 대부분 공업용으로 가
정용 거의 없음, 가정용의 경우 비닐랩이 유일함, 전구 및 할로겐램프, 도자
기, 크리스털, 창유리, 거울, 기저귀, 여성 생리용품, 가죽, 고무 등
이다. 보다시피 이 중 일상생활에서 매일 대량으로 자주 발생하는
쓰레기는 없을 것이다.

핀란드에는 쓰레기 관리를 위한 우선순위 지침이 있다.
1단계
쓰레기 발생을 피할 것
2단계
쓰레기가 발생하면 재사용 할 수 있는지 생각해 볼 것

3단계

재사용이 어렵다면 재활용 또는 에너지로 변환할 것

4단계

기술적으로 재활용이 불가능할 경우에만 최종적으로 매립
지로 보낼 것

쓰레기 배출을 최소화하자는 것이 핀란드 정부의 지침이자
국민 인식의 기본이다. 핀란드 사람 대부분은 지속 가능성에 큰 가
치를 두고 있고 실제 삶을 사는 방식으로 그 신념을 보여준다. 최
근 여론 조사에 따르면 핀란드 사람의 82%가 순환 경제가 새로운
일자리를 창출한다고 믿고 있고, 핀란드의 여러 도시에서는 자원
순환 로드맵을 개발하여 순환 경제를 적극 추진하고 있다. 환경을
보호하고자 하는 진지한 태도가 국민적 정서이며 생산 공정에서
쓰레기가 최소한으로 발생할 수 있는 시스템을 만들어 두고 있다.
주거지와 도시 곳곳, 건물 곳곳에는 쓰레기 분리수거를 할 수 있는
클린 하우스 시스템도 최상으로 설비되어 있다. 클린 하우스는 도
시 미관을 해치지 않는 디자인으로 말해주지 않으면 쓰레기 재활
용장인지 모를 정도로 조화롭고 쓰레기가 통 바깥으로 드러나거나
넘치지 않게 충분히 넉넉한 용량이다. 클린 하우스에서 분리된 쓰
레기는 지하의 진공관을 통해 지역의 환경 서비스 센터로 전달된다.
환경 서비스 센터에서는 첨단 AI 구동 로봇이 쓰레기를 섬세하고
정확하게 한 번 더 분리해 낸다고 한다. 잘 분리된 쓰레기들은 바
이오 분해로 에너지화하거나 순환하는 재생 자원으로 재생산에 사
용된다고 하니 2050년까지 모든 폐기물을 종식하겠다는 핀란드의

포부가 불가능으로 느껴지지 않는다.

핀란드에서 특히 인상 깊었던 것은 페트병의 비닐 라벨을 분리하지 않는다는 점이었다. 플라스틱과 비닐을 별도로 분리하지 않고 모두 플라스틱으로 처리한다. 그 이유를 물으니 수거지에서 자동으로 분리를 할 수 있는 과학적 설비가 되어 있다고 한다. PET 등의 플라스틱은 물보다 비중이 커 가라앉고, 비닐 라벨과 그 밖의 각종 비닐은 물에 뜨는 재질로 만들어져 서로 자동으로 분리 가능하다는 것이다. PET와 라벨 사이에는 물에 잘 녹는 수용성 접착제를 썼기 때문에 페트병만 침수되는 공정으로 라벨 제거가 되는 것이란다. 생산과 제조, 분리배출과 분리수거, 처리 기술과 공정의 일련의 과정이 모두 환경을 지키는 방식으로 체계화되어 있다. 페트병, 유리병, 캔 등은 빤띠Pantti라는 보증금이 붙어 있어 집 근처의 마트에 가서 보증금 반환기에 넣으면 해당 금액만큼 다시 돌려받을 수 있다. 반환률은 90% 이상 육박한다고 한다.

핀란드에서는 정규 교육과정에 환경 교육 커리큘럼이 필수적으로 배정되어 있어 어릴 때부터 환경을 대하는 올바른 가치관과 태도를 체득할 수 있다. 만들고 소비하고 낭비하는 것이 아닌, 절약하고 재사용하는 것을 더 멋진 것으로 여기는 핀란드의 문화가 세계화되어야 지구의 미래에 희망이 있지 않을까.

★ **헬싱키 지역 환경 서비스 당국, HSY, Helsingin seudun ympäristöpalvelut**
환경에 대한 정보와 수도 및 폐기물 관리 서비스를 제공하는 헬싱키 환경 당국

PULLONPALAUTUS

UNKKU
N YLI 90 %

KIERRÄTYS

ää: www.lidl.fi/vastuullisuus

KEET

ROSKAT
SKRÄP

PARISTOT
BATTERIER

PAHVI
PAPP

66 오늘도 분리수거하러 가시나요? 99

쓰레기 분리 헌장憲章

　　'혼자 사는데 뭐 그리 많은 쓰레기가 나오겠어?'

　　독립하며 스스로 돌보게 될 살림을 하나씩 꼽아보며 생각했다. 청소, 빨래, 장보기, 요리, 설거지, 각종 생필품 쇼핑, 공과금 관리 그리고 쓰레기 처리. 집안일 중에서 가장 하기 싫은 것이 쓰레기 처리다. 음식물 쓰레기는 더더욱.

　　1인 가구로 나만의 살림을 꾸리면서 쓰레기는 그다지 많이 나오지 않을 것이라 예상했다. 택배나 배달 음식 주문을 자주 하는 것도 아니니 1주일에 한 번 정도만 쓰레기통과 씨름하면 되겠구나 생각했다. 현실은 상상과 달랐다. 효율적이고 최적화된 동선을 사랑하는 나는 쓰레기 스트레스를 최소한으로 줄이기 위해 쓰레기통에 돈과 공간을 투자했다. 혼자 사는 작은 집이기에 집안에는 쓰레기통을 하나만 두기로 하고 보기 좋은 일반 쓰레기용 쓰레기통을 부엌 쪽에 두었다. 다음은 재활용 쓰레기다. 종이＋캔＋병＋스티로폼용, 플라스틱용, 비닐용의 3종 쓰레기통을 샀다. 작은 집에 쓰레기통이 차지하는 공간 지분이 커졌지만 어쩌겠는가. 한 곳에 모든 재활용 쓰레기를 섞어 넣으면 나중에 분리할 때 시간과 고통이 배가 든다. 현명한 처사라 생각하고 쓰레기통에 부동산을 내어주었다. 음식물 쓰레기가 가장 골칫거리였다. 음식물 쓰레기 처리기라는 것이 있던데 너무 비쌌다. 식구가 없기 때문에 음식물 쓰레기 양은 많지 않을 것 같아 옥수수로 만든 생분해 거름망이라는 제품을 사서 싱크대 하수구에 씌웠다. 음식물이 쌓이면 장갑을 끼고 걷어내서 역시 옥수수로 만들었다는 생분해 음쓰봉음식물 쓰레기봉투에 담아 공동 처리장에 가서 버렸다. 세대수가 많은 아파트가 아니라 각자의 음식물 쓰레기 통이 있고, 칩을 사서 용기에 꽂아두면 비용이 처리되는 방식이다.

자, 여기서 나는 쓰레기에 굉장히 큰 비용과 노고를 들이고 있다는 사실을 다시 한번 자각하게 되었다. 일반쓰레기통, 재활용 쓰레기통 3종, 음식물 쓰레기통까지 쓰레기통만 5가지를 샀고, 일반쓰레기를 버리는 종량제 봉투(다른 나라에도 개인이 비용을 부담하는 종량제 봉투를 사용할까? 적어도 핀란드에서는 사용하지 않았다), 음식물 쓰레기를 버리는 거름망과 생분해 비닐, 음식물쓰레기 칩까지 반복 구매해야 한다. 또 쓰레기가 쌓이면 일반 쓰레기, 재활용 쓰레기, 음식물 쓰레기를 때마다 버린다. 3일에 한 번꼴로 쓰레기를 버리기 위해 노동한다. 쓰레기통은 집에서 공간을 꽤 차지하고 있기도 하다. 쓰레기에게 내어주는 것이 많다.

쓰레기를 수거하는 곳에 가면 함부로 쓰레기를 버리는 사람들이 있어 CCTV가 설치되어 있고, 언제나 넘치게 많은 쓰레기 때문에 지정된 곳에 분리수거하기 힘들 때도 많다. 또 더러움과 악취로 수거장에 가는 일이 불쾌하고 꺼려진다. 쓰레기를 수거하러 오시는 분들을 마주칠 때마다 죄송한 마음도 든다. 누구도 하고 싶지 않은 일인데 사람의 손으로 일일이 매일같이 쓰레기를 관리하고 수거해 가시니 그 노고에 어쩔 줄을 모르겠다. 폐기물 처리는 국가나 지방자치단체가 책임감을 좀 더 가져가 시스템을 관리해야 하는 일이라 생각하지만, 사실 우리나라의 경우 현재는 민간 영세업체에 재활용 시스템을 의존하고 있다고 한다. 제품을 생산하는 과정에서부터 폐기물의 발생, 수거, 선별, 재활용·자원순환, 소각·에너지화와 최종 매립 결정까지 전 과정을 국가에서 주도하여 개선하고 투명하게 운영할 수 있는 방향으로 가야 하지 않을까 하는 생각도 든다. 소비자인 국민들이 환경적 부담과 죄책감 없이 제품을 구매할 수 있도록 기업에 철저한 친환경적 생산 규준을 제도화하고, 친환경 공정에 대한 지원체계가 더 적극적으로 확대되어야 하지 않을까. 폐기물 수거와 관리에서도 친환경적 처리 기술을 도입해 공공이 책임지는 안정적 수거 체계가 활성화되기를 바란다.

　　환경은 전 지구가 공유하고 있는 것이고 특정 국가의 노력으로만 개선될 수 있는 것이 아니다. 핀란드와 같이 환경 문제에 책임을 다하고 있는 나라들에 부채감을 느낀다. 똑똑한 환경관리 시스템을 충분히 갖출 수 있는 역량이 넘치는 우리나라도 환경 문제에 있어 세계에 떳떳할 수 있으면 한다.

생활 폐기물 처리방법

MUNICIPAL WASTE
BY TREATMENT METHOD
IN 2003 TO 2020

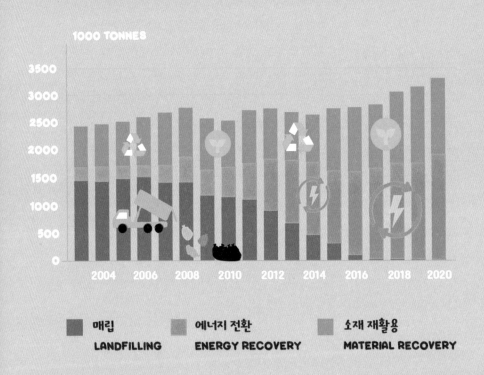

1000 TONNES

매립	LANDFILLING
에너지 전환	ENERGY RECOVERY
소재 재활용	MATERIAL RECOVERY

국가별 1인당
플라스틱 쓰레기 배출량

PLASTIC WASTE PRODUCED PER PERSON, PER NATION, 2020

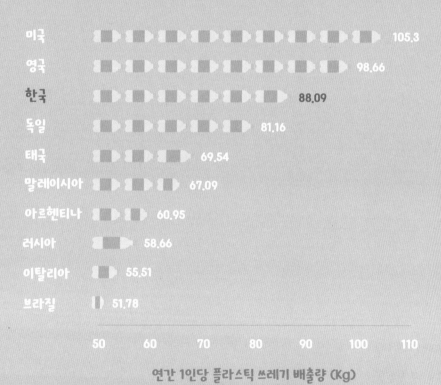

미국	105.3
영국	98.66
한국	88.09
독일	81.16
태국	69.54
말레이시아	67.09
아르헨티나	60.95
러시아	58.66
이탈리아	55.51
브라질	51.78

50 60 70 80 90 100 110

연간 1인당 플라스틱 쓰레기 배출량 (Kg)

" 잔잔하게 흘러가는 안심되는 일상이
세계 행복 국가 1위를 만든 것은 아닐까 "

코지cozy 라이프

"내일 핀란드 전통 방식으로 아침 식사를 준비해 줄게요."
　핀란드 집의 첫 호스트를 '핀란드 엄마'로 기억하게 된 것은
그분의 따뜻한 환대 때문이다. 먼 거리를 비행하고 무거운 짐을 낑
낑대며 끌고서 다시 두 시간가량 버스로 이동해 도착한 곳은 핀란
드의 옛 수도인 투르크Turku라는 도시였다. 지친 몸으로 들어선 그
의 집은 '아늑하다는 말은 이럴 때 쓰는 거지'라는 생각이 들 만큼
코지cozy했다. 내가 머물 방의 침대에는 사각사각 소리가 나는 상
큼한 색의 마리메꼬*marimekko 침구가 정갈하게 정돈되어 있고 그
위에 면이 좋은 깨끗한 샤워 타올과 수건 한 장이 놓여있었다. 차
분하게 방과 욕실, 부엌과 거실 등 집 안 구석구석을 설명해 주며
내 집처럼 무엇이든 사용하면 된다고 말해주는 그의 눈빛에서 진
심 어린 환대를 느꼈다. 버스 정류장까지 마중 나와 함께 짐을 나
눠 들며 집까지 안내해 준 친절에 대한 감동이 채 식기도 전에, 그
는 내일 아침은 직접 대접하겠다며 편히 쉬라고 말해주었다. 그러
고는 친구와 약속이 있다며 처음 본 내게 집과 집 열쇠를 무심히 맡
기며 한치의 불안한 기색 없이 집을 나섰다.
　홈익스체인지home exchange라는 서비스를 통해 그의 집에 머

무르게 되었는데, 홈익스체인지는 현지인의 집에 비용을 돈으로 지불하지는 않고 서로의 집을 같은 시기에 맞교환하거나 한쪽의 집이나 방이 비어있을 때 그 공간을 내어주고 포인트를 얻는 서비스 형태이다. 얻은 포인트는 나중에 내가 가는 여행지에서 홈익스체인지 서비스에 가입한 현지인의 집에 머무를 때 사용할 수 있다.

    방금 본 낯선 사람을 집에 두고 나오는 일은 충분히 불안할 수 있는 상황이지만 그가 너무 자연스럽게 외출하는 것을 보고 의아한 생각이 들기도 했다. 그 후 방문한 다른 집들의 호스트들도 대부분이 같은 모습을 보였다. 심지어 평소에 지낼 때 현관문을 잠그지 않고 외출하는 집도 많았다. 나중에 안 사실이지만 핀란드 사회는 타인에 대한 신뢰가 당연하고 기본적인 문화이기 때문에 사람들의 그런 행동은 놀랄 일이 아니라는 것이다. 핀란드에 머물면서 이해되지 않는 부분들(모두 긍정적인 의미로 적잖이 놀라워했던 점들), '어떻게 저게 가능해?'라고 궁금해했던 부분은 '신뢰'라는 가치 하나로 모두 설명되는 것이었다.

    핀란드 전역에 있는 집들을 골고루 방문하며 다양한 직업, 다양한 가족 형태, 다양한 집의 형태를 경험했다. 어느 지역에 어떤 직업을 갖고, 어떤 집에서 누구와 살건 주로 먹는 음식과 집에서 사용하는 생활용품, 가전제품, 생활방식은 집마다 비슷했다.

    음식은 아주 심플하다. 마트에 가면 다양한 종류의 빵을 판매하는데 주로 거친 빵을 주식처럼 먹는다. 핀란드 국민빵은 까르얄란 베라까karjalan piirakka라는 빵인데 마트에서 살 수 도 있지만 핀란드 엄마는 이 빵을 직접 만들어 구워주셨다. 쌀이나 메밀 혹은 감자 같은 곡물과 버터, 우유, 계란을 섞어 속 재료를 만들고 이것을 호밀빵 안에 넣는 방식이다. 나뭇잎 모양을 본떠서 만들었고 핀란드 사람들에게는 소울 푸드로 통한다. 맛은 전혀 자극적이지 않은, 달거나 짜지 않은 담백하고 삼삼한 맛이다. 이 빵 이외에도 다소 거친 질감의 빵에 버터나 여름철에 직접 수확하여 만든 베리 잼을 발라 먹는다. 대부분 사람들의 아침 식사는 빵, 버터, 베리 잼, 치즈, 둥근 오이 슬라이스, 살라미, 계란, 우유나 차의 조합이었다. 기본적으로 먹는 식재료들을 다양한 회사의, 다양한 맛의 제품으로 취향에 맞게 선택해서 먹는 분위기였다. 마트에 가면 버터와 치즈 코너에 엄청나게 다양한 종류의 제품들이 진열되어 있어 놀랐다. 유제품은 동물 복지를 우선해서 만든 것이라는 인증이 된 제품들이 대부분이었다. 하나 독특한 점은 콜라 같은 탄산음료 종류는 한정적이고 가격도 한국에 비해 2배 정도 비싸다는 점이었다. 이유를 물으니 핀란드 사람들은 아마 설탕세sugar tax 때문일거라고 말해주었다. 실제로 여러 나라에서 국민 비만 예방과 건강을 위한 조치로 설탕세를 도입했고, 핀란드의 경우 탄산음료에 1940년대부터 이 특별세를 적용하고 있었다.

    식재료뿐 아니라 샴푸, 린스, 각종 세제, 화장품류, 생리대 등 생활용품들도 집었다 하면 비건vegan마크와 친환경 인증 마크가 있는 제품들이었고 가격도 매우 저렴했다. 필수 생활용품들은 좋은 품질로 저렴하게 판매하고 있다는 인상을 받았다. 물건들은 대체로 포장을 최소화하고 농산물 등을 담는 비닐은 '야들야들, 하늘하늘'한 촉감의 무조건 분해될 것 같은 재질의 것을 사용했다. 실제로 비닐이 찢어졌을 때 가루들로 날리며 분해되었다.

　　아침을 조리가 없는 간단한 식재료들로 해결하는 문화이다 보니 장을 보는 사람은 식재료들이 부족하지 않게 사다놓기만 하면 되었다. 어린아이들도 냉장고에서 각자 자기가 원하는 빵과 버터, 치즈를 고르고 컵에 음료를 따라서 접시에 담은 후 식탁에 가져와 가족과 먹고 학교로 갔다. 접시와 컵, 커트러리는 식기 세척기에 모두 넣고 밤에 자기 전에 에코모드오랜 시간이 걸리지만 물과 세제를 최소한으로 쓰는 옵션로 자동 세척하기 때문에 설거지할 필요가 없었다. 모든 가정에서 이렇게 식사하고 뒷정리하는 것이 보편적인 모습이었다. 가족의 식사를 준비하기 위해서 장보기, 식재료 다듬기, 식단 고민하기, 요리하기, 설거지하기까지 많은 과정을 누군가는 매일 반복적으로 감당해야 하는데, 핀란드는 이러한 과정이 간소화되어 있고 식사에서 모두 평등과 평화를 누리고 있는 것처럼 보였다. 점심은 학교나 직장에서 대체로 해결하고 저녁 식사도 오븐에 마카로니를 굽거나 샐러드, 파스타, 과일 등 간편하게 해결하는 편이었다. 신선한 재료로 조리없이 생식을 하는 경우도 많아 보였다.

　　부엌이나 식탁, 또는 식당에서 종종 음식물을 떨어뜨리거나 물을 쏟는 경우 등 무언가 닦아야 하는 상황이 발생하기 마련이다. 그럴 때마다 아무 생각 없이 휴지를 사용하게 되는데 핀란드 사람들은 휴지를 쓰지 않는다. 물론 물티슈도. 무언가 닦아야 할 것이 있다면 항상 키친 클로즈(행주)를 사용하거나 손수건을 사용한다. 천으로 닦고 씻어서 다시 사용하는 것이 모든 사람에게 습관화되어 있다. 종이컵이나 빨대 같은 일회용품도 거의 쓰지 않는다. 마트에서 일회용품은 재고가 아주 조금밖에 없고 그마저도 가격이 굉장히 비싸서 구매할 엄두가 나지 않는다.

　　핀란드 사람들은 집에서 보내는 시간을 소중히 여긴다. 직접 집을 짓는 것을 꿈꾸는 사람들도 많고 실제로 오랜 시간을 두고 정성스럽게 자신의 집을 직접 짓는 사람들도 많다. 여의찮으면 여름철이나 크리스마스 등 휴가 시즌에 머무는 소박한 코티지cottage, 통나무집 별장를 직접 짓기도 한다. 오래된 집도 많지만 깨끗하게 유지하고 관리해서 지저분하거나 위험한 느낌은 거의 없다. 집안은 깔끔하고 다정한 느낌으로 장식하고 촛대나 조명, 패브릭, 오래된 그릇에 취향을 담는 편이다. 가족이 많은 집도 단문형 냉장고에 크지 않은 세탁기를 쓰고 건조기나 스타일러, 고급 청소기, 정수기, 대형 TV, 공기청정기, 가습기, 제습기 등 편의를 위한 온갖 다양한 가전제품들은 어떤 집에서도 찾아볼 수 없었다. 그들은 집을 자신의 일부로 여기고 소중하고 깨끗하게 관리하고 있었고, 자신과 가족에게 생활하기 편안하고 잘 어울리도록 가꿔가고 있었다. 북유럽이 물가가 비싸다고 해도 수도권 대도심 지역을 제외하고는 집 가격 또한 너무 비싸 감히 살 엄두도 낼 수 없는 가격까지는 아니었다. 집을 투기나 투자 목적의 대상으로 여기지 않기 때문이리라.

　　핀란드의 일상생활이 너무 순해서 심심하게 느껴질 수 있겠지만 큰 걱정 없이 잔잔하게 흘러가는 안심되는 일상이 세계 행복 국가 1위를 만든 것은 아닐까.

★ **마리메꼬 marimekko**
1951년에 설립된 핀란드의 패션 및 디자인 브랜드로 핀란드 국민들의 사랑을 꾸준히 받고 있다. 특히 밝은색으로 인쇄된 직물과 단순한 스타일로 유명하다.

" 다양한 반찬은 물론이거니와
밥은 질지도 되지도 않게 갓 한 뜨끈한 밥이
최고고, 국이며 찌개가 있어야 완성이다 "

오첩 반상 × 스마트 리빙

　　어릴 때부터 지금까지 어머니들의 수다를 듣다 보면 그 속에 빠지지 않는 주제가 있다. 바로 '반찬 걱정'이다. "도대체 오늘 반찬은 뭘 해야 좋을지 모르겠다, 반찬을 실컷 해줘도 잘 먹지도 않고 결국 버린다, 사 먹는 반찬은 맛도 없고 비싸고 믿을 수도 없다" 등등. 최근에도 목욕탕에서 어머니들이 하신 얘기를 우연히 듣게 되었다. "언니, 반찬 하기 싫어서 못 살겠다. 평생 맨날 밖에 나가서 일도 하고, 집에 오면 밥하고 반찬까지 하고 치우고, 너무 힘들다 힘들어." 주변에 계신 어머니들은 모두 고개를 끄덕이며 공감했다.

　　우리나라의 음식은 종류도 무척 다양하고 또 맛있다. 하지만 너무 수고롭다. 가장 기본 찬인 김치도 그 종류만 해도 수십까지니 말 다 했다. 김장은 중노동이다. 너무 사랑하고 소중한 김치이지만, 말 그대로 김치 없이는 못 살지만, 너무 수고롭다. 어디 김치만 먹을 수 있는가. 다양한 반찬은 물론이거니와 밥은 질지도 되지도 않게 갓 한 뜨끈한 밥이 최고고, 국이며 찌개가 있어야 완성이다. 그릇은 또 얼마나 많이 필요하며 냉장고는 얼마나 커야 하는지... 왠만하면 김치냉장고까지 있어야 한다. 이쯤 되니 어머니들의 한탄 섞인 말씀들이 당연한 것으로 여겨진다. 아참, 때마다 지내는 제사 문화도 한몫한다.

　　음식을 집에서 잘 해먹지 않는 젊은 세대들은 주로 반찬이나 밀키트를 사 먹거나 배달 음식을 시키거나 외식한다. 음식이 플라스틱 용기에 담겨 유통되거나 배달되는데 사실 깨끗하고 건강에 좋을 리 만무하다. 음식들은 주로 짜고 맵고 달다. 나물이나 채소 위주의 식단을 신경 써 챙겨 먹지 않으면 탄수화물, 당류, 고지방, 나트륨을 지나치게 많이 먹게 된다. 자극적인 음식을 편리하게 먹기 쉬운 환경에 노출되어 있다. 인스턴트, 레토르트 음식은 손쉽게 구해서 편하게 먹기 좋기 때문이다.

　　요즘은 지구환경 문제에 대해 높은 인식 수준을 갖고 환경을 보호하는 행동으로 비건을 실천하는 사람들도 많아졌다. 비건vegan은 음식뿐 아니라 사용하는 모든 물건에서 동물성 원료가 들어간 제품은 사용하지 않는 생활을 지향하는 것을 말한다. 주변에 비건 생활을 하는 분들은 우리나라에서는 비건으로 살기가 너무 어렵다고 말한다. 가정에서도 바깥에서도 채식 식단을 지켜내기가 힘들고 세제, 화장품, 일상 생활용품 전반에서도 동물의 희생 없이 만들어진 물건을 찾기가 쉽지 않다고 한다. 물론 비건 제품들이 출시되는 경우가 있지만 아직은 가격도 높아 선뜻 구매하기가 망설여지는 상황인 것이다. 또 비건 생활에 대해 이야기하면 주변에서도 유난스럽다, 건강을 망친다는 식의 반응이 돌아와 더 기운이 빠진다고 한다.

　　우리들의 집은 어떨까? 나의 일부이자 편안한 안식처일까? 어떤 측면에서 많은 사람들에게 집은 무거운 돌덩이가 아닐지 생각한다. 집은 투자의 대상이자 투기의 대상이 되기도 한다. 이 집에서 내가 얼마나 편안하게 쉴 수 있는지, 내 라이프 스타일과 이 집이 얼마나 잘 맞는지보다 이 지역의 집값이 오를 가능성은 얼마인지, 이 집에 살면 어떤 경제적 위치로 사람들에게 비치는지와 같은 경제적 잣대와 집이 연결되어 있다. 누군가는 넓고 높은 집에 살고 있겠지만 누군가는 좁고 어두운 집에 산다. 층간 소음에 시달리기도 하고 사생활 침해나 안전에 위협을 느끼며 살고 있는 사람도 있다. 누군가에게 집은 자부심이겠지만 누군가에는 절망이고 무거운 짐이다. 또 누군가의 집에는 온갖 생활의 편리를 누리는 물건들이 가득하다. 소유가 품격으로 포장되고 소유하지 못하는 것은 결핍과 부족으로 인식된다. 우리 일상에서 먹는 것, 사용하는 것, 생활하는 것 전반이 문득 너무 필요보다 지나치고 넘치지 않나 싶어진다. 조금씩 덜어내고 약간 불편하더라도 간소하게 사는 여백의 삶의 가치가 추앙받길 바라본다. 우리 유전자에도 백자의 흠결 없이 정갈한 미를 사랑했던 오랜 정서가 숨겨져 있으니 말이다.

세계 식량 안보 지수

THE WORLD'S TOP COUNTRIES FOR FOOD SECURITY, 2020

국가	지수
핀란드	85.3
아일랜드	83.8
네덜란드	79.9
오스트리아	79.4
스웨덴	78.1
이스라엘	78.0
일본	77.9
스위스	77.7
미국	77.5
캐나다	77.2

식량 수급가능 천연 자원 보유량, 식량의 안전성 및 질 평가 상위 국가
[세계 113개국 조사]

곡물 자급률 급감

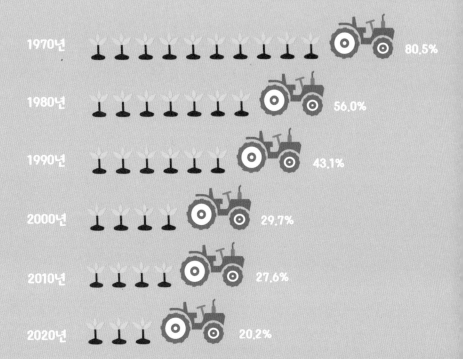

1970년   80.5%

1980년   56.0%

1990년   43.1%

2000년   29.7%

2010년   27.6%

2020년   20.2%

**❝ 핀란드 사람들은 심심할 때, 외로울 때
도서관에 가면 된다고 생각해요 ❞**

자연, 사색, 예술 그리고 술

　　조용한 핀란드 사람들은 뭐 하고 놀까? 핀란드 사람들이 즐기는 여가를 관찰하니 크게 4가지로 압축되었다. 자연, 사색, 예술, 그리고 술.

　　핀란드는 디지털 기술이 고도로 발전되고 보급된 나라이지만 디지털 기기를 사용하는 일상 여가는 그다지 즐기지 않는 것 같다. 물론 청소년이나 더 젊은 세대는 SNS, 메신저, 유튜브, 넷플릭스, 게임을 즐기는 비율이 높겠지만 어린이들이나 30대 이상의 성인들을 주로 만났기에 그들의 일상을 들여다봤을 때 그렇다는 이야기다. 대신 많은 사람이 자연을 누린다.

　　핀란드에서는 공식적으로 아르바이트를 하더라도 2주 일하면 1.5일의 유급 휴가가 주어진다고 한다. 4주인 한 달 기준 3일의 휴가가 적립되니 1년이면 36일, 즉 5주의 휴가가 보장되는 셈이다. 그렇기에 핀란드에는 휴가를 보내는 특별한 문화가 있다. 보통 4주를 통째로 여름휴가로 보내고 1주는 겨울 연말에 보내는 패턴이 일반적이다. 6~8월의 여름 동안 핀란드는 온종일 낮이다. 한여름에는 새벽 1~4시 정도만 어둑한 저녁 분위기가 연출되고 나머지 시간은 모두 해가 떠 있는 낮이다. 춥고 긴 겨울을 보낸 핀란드 사람들에게 여름의 자연은 그야말로 천상이다. 여름이 찾아오면 '코티지cottage'라고 부르는 여름 별장으로 긴 휴가를 떠난다. 코티지는 보통 숲속의 호숫가에 있는 통나무집이다. 근사하고 화려한 별장이 아니라 소박하고 아늑한 집이다. 핀란드 사람들은 웬만한 샐러리맨들도 코티지를 소유하고 있는데 그 말인즉, 그다지 비싼 가격은 아니라는 것이다. 가족이나 친구끼리 코티지에 가서 휴가를 보내며 여름철이면 지천에 열린 베리와 버섯을 딴다. 핀란드에는 '누구나의 권리everyone's right'라는 것이 있어 사유지가 아니라면 그곳에 있는 베리나 버섯은 누구라도 채취할 수 있다. 여름 한 철 수확한 베리와 버섯으로 겨울을 난다. 겨울에 대비해 우리가 김장을 하는 것처럼 말이다.

겨울은 여름과 반대로 흑야가 찾아온다. 해가 뜨는 시간이 북쪽으로 갈수록 짧아진다. 남쪽인 헬싱키도 오전 10시쯤 해가 뜨고 오후 4시면 서서히 어두워지면서 깜깜한 밤이 된다. 더욱 북쪽으로 갈수록 겨우내 아예 해가 뜨지 않는 곳도 있다고 한다. 그곳에서는 오로라를 무조건 볼 수 있을 것이다. 눈이 많이 내리기 때문에 눈에서 하는 놀이를 마음껏 즐길 수 있다. 스키 리조트 같은 곳도 곳곳에 있어 자기 스키나 보드를 가져간다면 이용권을 결제하여 마음껏 탈 수 있다. 이용권은 대체로 저렴하고 심지어 리프트는 무료인 곳도 있다.

핀란드에는 산타가 산다. 로바니에미Rovaniemi에 가면 자신이 진짜 산타라고 주장하는 산타가 살고 있다. 전 세계의 누구라도 산타의 주소로 엽서를 보내면 답장을 받을 수 있다고 한다. 산타와 순록, 요정의 존재는 핀란드의 겨울을 더 동화같이 만든다. 크리스마스와 새해는 세계 어떤 나라든 특별한 기분을 느끼는 기간이다. 꼬마들이 있는 집에서 크리스마스 전 한 주를 보냈는데, 어느 날 아빠가 본인 키의 1.5배 즈음 되는 큰 나무를 어깨에 지고 집으로 들어왔다. 크리스마스 트리다! 진짜 나무를 뿌리 그대로 물동이에 넣어 집안 한쪽에 세워두고 아이들과 함께 장식했다. 핀란드의 크리스마스 트리는 화려한 장식을 하지 않는다. 크리스마스가 되면 직접 구워 만드는 진저 쿠키를 달기도 하고 아이들의 그림을 달거나 단순한 장식을 했다. 아이들이 키득거리면서 반짝이는 눈으로 크리스마스 트리를 바라보는 모습이 따뜻한 가족 영화 같았다.

　크리스마스에는 주로 멀리에 사는 가족들이 함께 모여 시간을 보내기 때문에 거리의 상점들도 모두 문을 닫는다. 화려한 크리스마스 거리를 즐기고 싶다면 크리스마스에 핀란드 방문은 절대적으로 피하는 것이 좋다. 전국이 유령도시가 된다. 아무리 대도시라도 모두 문을 닫는다. 유일하게 발견한 문을 연 곳은 24시간 맥도날드뿐이었다. 심지어 마트도 문을 닫는다. 연말에는 꽤 수준 높은 무료공연들이 교회나 문화회관 같은 곳에서 펼쳐진다. 크리스마스 이브에 교회 공연을 보러 갔을 때 놀랐던 것은 10대, 20대로 추정되는 젊은이들이 가득했다는 점이다. 크리스마스 이브 밤에 교회에 와서 경건하게 합창 공연을 보고 모두 일어나 찬송가 합창을 하는 모습에 기독교인은 아니지만 전율이 일었다.

　핀란드 사람들이 일상에서 즐기는 가장 대표적인 여가는 사우나다. 집에 사우나 시설이 설비된 경우도 흔하고 공동주택의 경우 공동 공간에 사우나 시설이 있기도 하다. 또 호숫가나 도심에도 공중 사우나 시설들이 많다. 계절에 상관없이 핀란드 사람들은 사우나를 즐긴다. 노인은 물론 아기나 강아지까지도 사우나를 이용한다. 핀란드 전통에는 '사우나의 날'이 있다고 한다. 매주 토요일 저녁이 그날인데 온 가족이 사우나를 즐기고 저녁을 먹으며 한 주간의 피로를 푸는 풍습이 있었다 한다. 코티지에 사우나를 두기도 하는데 핀란드 사람들은 뜨거운 사우나에서 참을 수 있을 때까지 몸을 데우고 사우나 앞 호수에 몸을 던지며 행복해한다. 겨울철에는 꽁꽁 언 호수에 동그랗게 구멍을 내 얼음을 깨고 사우나와 얼음물을 번갈아 왔다 갔다 하거나 쌓인 눈에 몸을 구르는 고난도 여가 활동을 즐기기도 한다.

　　핀란드에 머물면서 호스트들은 각자 자기가 즐기는 사우나에 함께 가보자고 제안했다. 비슷한 듯하면서 조금씩 다른 매력을 가진 사우나들을 경험하고 얼음 호수와 눈에 구르는 진귀한 체험도 직접 해보았다. 30대 청년들이 산타 모자를 쓰고 겨울왕국의 올라프처럼 눈에서 두 팔을 허우적대며 즐거워하는 모습을 보며, 사람들이 참 아이같이 순수하다는 걸 새삼 느꼈다. 그들이 혹한의 계절에 기꺼이 몸을 차가운 얼음물에 담그는 것은 불편을 감수하고라도 야생의 정신을 잊지 않으려는 '시수Sisu'에서 비롯된 것이라 한다. 핀란드도 추운 날씨, 부족한 자원, 주변 국가들의 침략과 지배 등으로 어둡고 힘들었던 과거의 시절이 있었다. 그 시절을 이기고 지금의 핀란드를 만든 것이 은근과 끈기를 의미하는 시수 정신이다.

　　핀란드 사람들의 공통적 여가로 빠지지 않는 것이 '독서'다.

핀란드에는 유난히 도서관이 많다. 핀란드 사람들에게 도서관의 의미를 물었더니 어떤 친구는 이렇게 말했다.

　"핀란드 사람들은 심심할 때, 외로울 때 도서관에 가면 된다고 생각해요."

　핀란드에 머무는 동안 도시마다 있는 크고 작은 도서관들과 대학 도서관을 다양하게 방문했다. 남녀노소 할 것 없이 다양한 사람들이 책 읽기에 몰두해 있는 모습을 보며 또 한 번 놀랐다. 큰 창으로 눈 내리는 도시 풍경이나 눈으로 뒤덮인 겨울 숲이 보이고, 도서관은 밝고 깨끗하고 쾌적했다. 아이들을 무릎에 앉히고 책을 읽어주는 아빠들도 많았고 돋보기를 쓰고 북유럽 디자인이 돋보이는 근사한 의자에 앉아 신문을 읽는 할아버지들도 있었다. 도서관은 책뿐만 아니라 악기나 재봉틀 등도 대여를 해주고, 연습하거나 작업하는 공간도 있다. 영화를 보거나 VR 게임을 하는 곳, 각종 인쇄나 대형 현수막 등을 출력하거나 3D프린트기를 사용할 수도 있다.

　핀란드 독립 100주년을 기념해 헬싱키시는 헬싱키 시민들에게 선물하겠다며 '오오디 도서관Oodi library'을 도심 한복판에 건설했다. 헬싱키 시민들의 거실이라는 오오디 도서관은 그 별명에 걸맞게 온갖 문화적인 경험을 자유롭게 할 수 있다. 외국인인 나도 직원들의 도움을 받아 오오디 도서관의 한 공간을 빌려 팝업 클래스pop-up class를 주최했다. 갑작스런 요청이었지만 도서관 직원들은 행사가 원활하게 진행될 수 있도록 최선을 다해 도와주었다.

　핀란드는 세계 문해력 평가에서도 1위를 하였는데2위 노르웨이, 3위 아이슬란드, 7위 미국, 8위 독일, 22위 한국, 고요한 분위기와 사색적인 성향이 핀란드 사람들을 책과 친해지게 한 것이 아닐까 생각도 든다.

초등학생인 누나와 남동생이 있는 집에 머물 때 밤마다 보았던 풍경이 떠오른다. 엄마가 두 아이가 함께 쓰는 침실에서 책을 읽어주는 날도 있었지만, 누나가 아직 글자를 읽지 못하는 남동생이 잠들 때까지 함께 누워 책을 소리 내 읽어주는 날도 있었다. 가족들이 집에서 TV 시청을 하는 모습은 자주 보지 못했는데 어느 날 주말 저녁에 거실에서 모두 TV 앞에 모여 있길래 프로그램 내용을 물으니 '라플란드Lapland 여행 다큐'라 했다. 라플란드는 핀란드 최북단 지역이다. 핀란드 사람들의 라플란드 탐험에 대한 동경은 알만하다.

화려하거나 연예인이 출현하는 광고 또는 TV 프로그램은 거의 없고 핀란드 사람들은 국민 배우나 가수가 있냐는 질문에도 한참을 고민하더니 시원한 답변을 하지 않았다. 넷플릭스나 유튜브를 통해 해외 작품들을 보기도 하는데 우리나라 작품 중에서는 「기생충」이나 「오징어 게임」을 보았다는 사람도 있었다. 젊은 층에는 BTS도 인기가 많았다.

책을 사랑하는 것만큼 핀란드 사람들은 예술도 사랑한다. 국가 기관에서도 디자인 정책을 둘 만큼 심미적인 것을 중요하게 생각한다. 핀란드 사람들에게 아름다움은 심플함이거나 때로는 발랄함인 것 같다. 어떤 공공시설에 가더라고 깔끔하고 정돈된 형태로 유지된다. 의자나 패브릭, 꽃 등으로 포인트를 주어 톤 다운 된 전반적인 공간 분위기에 산뜻함을 더한다. 집 안의 인테리어 역시 깔끔한 분위기를 기본으로 아늑함을 더한다. 따뜻한 조명이나 조형미가 아름다운 그릇 또는 발랄한 색감의 패브릭으로 집안에 활기를 불어넣는다. 어느 것 하나 아름답지 않은 것이 없고 깨끗하지 않은 것이 없다. 지하철 의자조차도 산업디자이너의 손길로 디자인했다고 하니 말해 뭐할까.

핀란드 사람들은 이딸라iittala, 아라비아Arabia, 마리메꼬marimekko 등 전통과 디자이너의 철학이 있는 브랜드들을 충성도 있게 사랑하고 자랑스러워한다. 무민Moomin이라는 국민 동화 캐릭터에 대한 애정도 대단하다. 장 시벨리우스Jean Sibelius라는 클래식 음악가도 핀란드 사람들이 존경하고 사랑하는 음악가이다. 새로운 것의 홍수 속에서 잠시 인기를 얻었다 사라지는 브랜드나 캐릭터, 음악이 아니라 예술가의 혼과 뜻이 담긴 예술품들을 인정하고 지키며 아껴준다. 핀란드에는 박물관도 많은데 옛 핀란드의 물건이나 디자인을 잘 보존하고 있다. 노키아Nokia 초창기에 만든 벽돌 핸드폰도 이제는 유물처럼 박물관에 전시되어 있는 것을 보니 그 옛날 내가 쓰던 삐삐나 폴더폰은 어디로 갔을까 새삼 생각이 났다.

핀란드 사람들이 예술을 사랑하는 마음은 어린 시절부터 자르고 붙이고 그리는 것을 즐겨한 탓이 아닐까 싶다. 유치원이나 초등학교에 방문한 적이 있는데 그곳에는 아이들이 만든 작품들로 학교 곳곳이 장식되어 있었다. 그렇게 자란 아이들이 집을 인테리어하고 도시를 가꾸기 때문에 아름다운 공간들이 만들어지는 것이 아닐까. 핀란드 사람들은 DIY, 리사이클링, 뜨개질, 요리 등 스스로 창작하여 손으로 무언가를 창조하는 일을 좋아한다. 호스트 아주머니는 직접 뜬 양말을 선물로 보내주겠다며 좋아하는 색깔을 물으셨다. 또 다른 호스트 친구는 함께 쿠키를 만들자며 진저쿠키에 아이싱icing, 쿠키나 케이크에 알록달록한 설탕으로 그림을 그리는 것 하는 방법을 알려주기도 했다. 직접 구운 브라우니를 대접한 또 다른 친구에게 그 맛에 감격했다고 하니 레시피를 알려주기도 했다. 핀란드 사람들은 요리에도 관심과 호기심이 꽤 커 보였다. 2011년 시작된 '레스토랑 데이restaurant day'라는 행사는 매년 열리는데, 이날만큼은 누구나 하루 동안 장소의 구애 없이 무료로 레스토랑을 열 수 있는 음식 문화 축제이다.

저녁이면 가족이나 친한 친구들과 음식을 나눠 먹으며 수다를 떠는 시간도 갖는 데 반해 직장 동료와 회식은 거의 없다고 한다. 주중 근무시간은 오전 8시부터 오후 4시인데 이 사이에 회사 커피 타임이 있어 그때 대화를 나누는 것이 보편적이고 회사 내에 상하관계의 개념도 없다고 한다. 핀란드 사람들도 다양한 술을 좋아하고 즐기는데 알코올 도수 5.5도 이상의 술은 국가에서 운영하는 '알코Alko'라는 리퀴드 숍liquid shop에서만 공식적으로 구매할 수 있다. 맥주, 와인은 물론 다양한 나라의 온갖 종류의 술들이 상상할 수 없이 많이 진열되어 있다. 핀란드에서는 저녁 9시 이후에는 술을 구매할 수 없는데, 알코올 중독에 대한 예방적 조치로 시행되는 법이라고 한다. 술은 주로 집에서 편한 사람들과 즐기는 분위기가 일반적이다.

핀란드 사람들은 책, 따뜻한 차나 커피, 쿠키, 자연 속의 산책, 햇살, 호수, 사우나, 수영이나 자전거 타기 그리고 친밀한 사람들과 함께하는 시간이 그들의 보통의 즐거움인 듯하다.

" 모두 잘 놀고, 잘 먹고, 잘 쉬고 있는 걸까? "

흥興

"스트레스받지 마시고, 건강한 음식 챙겨 드시고, 운동하고, 잠도 푹 주무세요."

어디서 익숙하게 들어 본 말일 테다. 정신적인 스트레스가 신체적 스트레스 증상으로 나타날 때마다 병원에 가면 의사 선생님들은 늘 같은 말을 하셨다. "검사해 보니 별문제는 없네요. 스트레스나 과로 때문인 것 같아요"라는 말 뒤에 이은 처방인 것이다. 문제가 있길 바라서 병원을 찾는 것은 아니지만 별문제 없다고 하시니 왠지 서운하다. 의사 선생님의 처방은 옳다. 나는 좀 놀고, 잘 먹고, 푹 쉬어야 하는 게 처방이다. 우리 모두 그럴 것이다. '네, 선생님 분부대로 하겠습니다'라고 할 수 있는 상황이 안되니 의사 선생님께 가서 '저 여기도 아프고, 저기도 아픈 것 같아요'라고 어리광이라도 부리고 싶은 건지 모르겠다.

주변 사람들을 떠올려 본다. 모두 잘 놀고, 잘 먹고, 잘 쉬고 있는 걸까? 행복한 걸까, 아니 행복까지는 아니더라도 안녕한 걸까? 열심히 사는 사람들을 꼽으라면 열 손가락이 모자라지만, 평온함을 누리는 사람을 꼽으라면 어떤 얼굴도 금세 떠오르지 않는다. 사람들이 즐거워 보이거나 행복해 보이는 모습은 어떨 때인지 가만 생각해보면 여럿이 모여 흥이 올라가는 때인 것 같다. 그 순간에 맛있는 것, 약간 빠른 템포의 비트있는 음악, 푸르스름하거나 불그스름한 살짝 어두운 조명, 그리고 술이 빠지면 허전하다. 시끌벅적 먹고, 마시고, 웃고 떠드는 그 흥겨운 시간, 그 순간 나는 사람들에게서 밝은 미소와 에너지를 잠시나마 발견한다. 그런 때가 아니고는 대체로 지쳐 보이거나 무미건조해 보이거나 지나치게 전투적으로 보인다.

　　사람들은 무엇을 하며 스트레스를 풀까? 우리나라 대학생들은 남학생의 경우 스트레스 해소법 첫 번째로 알코올과 담배(34.4%)를 꼽았다. 다음으로는 실외 활동(운동, 여행 등), 수면을 포함한 휴식, 실내 활동(PC게임, 영화, TV 등) 순이었다. 여학생의 경우 휴식, 실내 활동, 쇼핑, 실외 활동 순으로 스트레스 해소법을 응답했다. 직장인들은 술 마시기(13.9%)를 가장 1순위로 꼽았고, 운동, 영화감상, 맛있는 음식 먹기, 수면, 음악감상, 담배 피우기, 산책 순으로 답했다. 그렇다면 우리나라 사람들이 주로 즐기는 취미는 무엇일까? 우선 10대, 20대, 30대가 제일 선호하는 취미로 꼽은 것은 남성은 게임, 여성은 음악감상으로 세 연령대가 같은 답을 했다. 40대, 50대, 60대 이상에서는 남성, 여성 모두 등산을 꼽았다. 다소 특이한 양상이라는 생각이 든다. 또 특별한 취미가 없다고 응답한 비율도 성별과 세대마다 꽤 높은 비율을 차지했다.
　　나의 경우 붐비고 시끄러운 곳에서 왁자지껄 흥겹게 시간을 보내는 것을 썩 좋아하지는 않는다. 꽤 많은 사람들은 그런 자리를 만드는 것을 좋아하는 탓에 곤란할 때도 많았다. 우리나라 사람들은

'흥'을 비교적 공통으로 즐기는 것 같고 그렇지 않으면 게임이나 음악감상, 등산이 대표적인 취미이자 술, 담배, 쇼핑, 잠, 운동, 영화 등이 스트레스 해소 도구인 것 같다. 우리는 우리만의 건강한 쉼과 회복, 충전의 시간을 충분히 누리고 있는 걸까. 우리나라 사람들의 보통 즐거움들을 보며 왠지 씁쓸해진다.

취미는 독서

SHARE OF PEOPLE
READING BOOKS, 2022

16.8%	핀란드
15.5%	폴란드
14.8%	에스토니아
11.0%	독일
9.5%	영국
8.5%	네덜란드
8.3%	이탈리아
7.9%	벨기에
6.2%	루마니아
2.6%	프랑스

세대별 최고 선호 취미는?

한국인이 좋아하는 취미 - 성/연령별 1위, 2019

여성		남성
음악감상 19%	10대	게임 37%
음악감상 18%	20대	게임 22%
음악감상 12%	30대	게임 17%
등산 9%	40대	등산 14%
등산 22%	50대	등산 24%
등산 13%	60대 이상	등산 19%

Finn Story 1 사우나

If you want to get to know Finnish culture,
don't be intimidated by the sauna.
With our beginner's guide, there's nothing to it.

- this is FINLAND

FINLAND = SAUNA

인구가 550만 명인 핀란드에는 무려 330만 개의 사우나가 있다. 사우나는 모든 핀란드인의 삶과 함께한다고 볼 수 있다. 사우나 문화는 핀란드인의 삶에서 필수적인 부분이며 단순히 몸을 씻는 것 이상이다. 사우나에서 사람들은 몸과 마음을 깨끗이 하고 내면의 평화를 찾는다. 전통적으로는 사우나는 가열된 돌 더미에 물을 뿌려 증기와 함께 영혼이 배출되는 신성한 공간으로 여겨졌다. 핀란드의 사우나 문화는 2020년에 유네스코 인류무형문화유산에도 등재되었다.

어디든 사우나 ① 가정집 사우나

· 핀란드 사람들의 사우나 사랑으로 핀란드 곳곳에서는 사우나를 쉽게 찾아볼 수 있다. 아파트는 건물 내부에 공용 사우나를 만들어 놓고 시간을 예약해 함께 사용했고, 단독주택에서는 샤워실 옆에 따로 작게 공간을 내어 수시로 1인 사우나를 즐겼다.

나를 초대한 핀란드인 친구는 자기 집 사우나를 나에게 내어주며 몸에 바르는 크림까지 선물로 주었다. 집 안 사우나에 낸 작은 창을 통해 눈이 펑펑 내리는 핀란드 마을 풍경을 바라보고 있자니 마음의 묵은 때까지 씻겨 내려가는 기분이었다.

사우나를 마치니 호스트 가족들은 소담한 핀란드 가정식을 식탁에 차리고 있었다. 도란도란 사우나 문화에 대해 이야기하며, 이웃집 할머니가 크리스마스 선물로 가져주었다는 진한 보드카를 나눴다. 가장 핀란드다운 시간이 가득 채워진 밤이었다.

어디든 사우나 ❷ 호수 사우나

칼라베시Kallavesi 호수 옆에 위치한 쿠오피오Kuopio 지역의 사우나.

여기에선 사우나, 스파, 레스토랑을 함께 즐길 수 있다. 한국의 5성급 호텔에 맞먹는 시설의 사우나를 15유로에 만나볼 수 있다. 사우나를 제대로 즐겨보고 싶었다. 뜨거운 증기가 가득한 스모크 사우나에서 몸을 부지런히 데운 후 동그랗게 판 얼음 호수 구덩이 속으로 '풍덩!' 들어가기를 서너 번 반복했다. 중간중간 따뜻한 스파에 몸을 담가 유유자적한 시간까지 즐길 수 있었다. 풀세트로 나에게 '몸과 마음의 건강'이라는 선물을 주었다.

사나운 파도가 몰아치는 발트해 사우나 뢰일리Löyly. 사우나의 상호를 딴 맥주가 제조되는 만큼 핀란드에선 꽤 유명한 곳이다. 세련된 유리벽과 탁 트인 전망을 감상할 수 있는 대형 데크를 갖춘 현대식 분위기의 사우나다. 개별 사우나실을 예약하여 모임이나 비즈니스 미팅을 하기도 한다.

나는 여기서 거센 파도에 몸을 맡겨본 것 만으로 한 해의 묵은 체증을 씻어낼 수 있었다. 겁먹은 표정으로 입수를 망설이고 있는 나에게 지켜보던 핀란드인이 할 수 있다며 응원해주었고 마침내 해낸 나에게 신명나는 하이 파이브를 건넸다!

어디든 사우나 ④ 숲속 사우나

　시폰코르피 국립공원Sipoonkorpi National Park에 위치한 숲속 사우나.
핀란드 사우나에 가면 공통된 물건이 문 앞에 놓여있다. 사우나 국자와 물통이다. 이 두 가지를 표현한 핀란드 공식 이모지emoji도 있을 정도다! 사우나 안에 함께 있던 어떤 분이 나에게 사우나를 뜨겁게 만들어보라며 "Try!"를 외쳤다. 그의 설명을 따라 물통에 물을 담아 국자로 떠서 뜨겁게 데워진 돌덩이들 위로 부어 던졌다.

　"씨~~~~익, 취~~~~익"

　물은 뜨거운 돌에 닿으며 증발했고 이내 사우나 안은 더욱 뜨끈해졌다. 간혹 잎이 무성한 자작나무 가지 다발도 있는데, 나뭇가지로 몸을 휘젓듯이 때리면 피부의 모공이 열려서 사우나의 클렌징 효과를 높여 준다. 이 경험은 다음번에 꼭 해보리!

　사우나 후에 감자튀김과 맥주를 시켜 먹는 모습을 보고 나도 그렇게 사우나 체험을 마무리했다. 핀란드 사람들은 참 단순하고 순수한 방식으로 스트레스와 긴장을 해소하는 듯하다.

*사우나(제로웨이스트) 샵

PART 2

—

관계와 지지

"당신이 특별하다고 생각하지 마라"

– 얀테의 법칙 (Law of Jante)

강인하고 맑은 사람들

거리나 대중교통에서 만나는 핀란드 사람들의 표정은 대체로 딱딱하고 차가운 편이다. 미소가 헤프지 않다. 어떤 장소를 가든 아무리 사람이 많이 모여있어도 조용하다. 고요한 아침의 나라에서 왔지만, 그런 수식어는 핀란드에 더 어울리는 것이 아닌가 싶다.

핀란드 사람들은 수줍음이 많아 다소 소심하고 불필요한 말을 하는 것을 싫어하며 진지하고 정직하다. 근면 성실하고 책임감도 높다고 한다. 그런 국민의 공통된 성향 때문에 복지국가의 혜택을 누리면서도 무임승차와 같은 악용 사례는 드물며, 복지에만 의지하는 태도를 스스로 수치스럽게 생각하기에 자립과 독립의 의지가 강하다. 굳은 표정과 말수가 없는 사람들이라 해서 지레 겁을 먹을 필요는 없었다. 도움을 요청하는 사람에게나 도움이 필요한 것처럼 보이는 사람에게는 누구보다 친절하고 적극적으로 도움을 주는 사람들이기 때문이다. 핀란드 사람의 도움은 언제나 기대하는 것보다 더 친절하고 세심했고 감동스러웠다.

핀란드를 비롯한 북유럽에는 '얀테의 법칙Law of Jante'이라는 십계명이 있다. 얀테라는 소설 속 가상의 마을 안에서 사람들이 갖추어야 하는 마음가짐을 말한다.

1. 당신이 특별하다고 생각하지 마라

2. 당신이 다른 사람들처럼 선하다고 생각하지 마라

3. 당신이 다른 사람들보다 똑똑하다고 생각하지 마라

4. 당신이 다른 사람들보다 더 낫다고 확신하지 마라

5. 당신이 다른 사람들보다 더 많이 안다고 생각하지 마라

6. 당신이 다른 사람들보다 더 중요하다고 생각하지 마라

7. 당신이 뭔가를 잘한다고 생각하지 마라

8. 다른 사람들을 비웃지 마라

9. 누구든 당신한테 관심을 갖는다고 생각하지 마라

10. 다른 사람들을 가르칠 수 있다고 생각하지 마라

핀란드 사람들에게는 과도한 자의식을 버리고 겸손을 강조하는 이 법칙이 내면화되어 있는 것 같다. 내 자녀에게도 특별해지기를 요구하지 않고 특별하다고 가르치지도 않는다.

핀란드에서 가장 마음이 뭉클했던 것은 우크라이나 사람들을 환대해 주는 마음이었다. 전쟁으로 고통을 겪는 우크라이나 사람들에게 핀란드는 문을 열어주고 자기 집도 내어주었다. 시청이나 도서관 등 관공서를 비롯해 기차 중앙역이나 도시 곳곳에 우크라이나 국기가 게양되어 펄럭이고 있었다. 그것을 보는 것만으로도 우크라이나 사람들은 핀란드 사람들의 마음을 의심하지 않고 안심하고 지낼 수 있을 것이란 생각이 들었다. 내가 만난 핀란드 사람 대부분은 우크라이나의 상황에 대해 진심으로 안타깝게 걱정하고 있었고 이웃에 머무는 우크라이나 사람들에게 음식을 챙겨 가져다주기도 하였다.

  인구가 작은 나라 핀란드는 사람을 가장 소중한 자원으로 여긴다. 그래서 그 누구도 포기하지 않는다. 모두가 자기답게 자신의 빛을 발할 수 있게 지지한다. 그들에게는 강인하고 단단한 기운이 있지만 내면에는 어린이같이 맑고 순수한 마음이 있다.

"와, 벌써?"

빠르고 열정 넘치는 사람들

손이 느리다. 동작도 굼뜨다. 생각도 많은 편이라 신속한 판단과 행동을 하는 편이 아니다. 이런 사람이 한국에서 지내면 "너무 느려요. 빨리 좀 하세요."라는 말을 듣기 일쑤다. 학교 때 점심시간이 되면 종이 울리기가 무섭게 아이들이 전력 질주를 한다. 전투력이 없는 나는 거의 매번 맨 마지막에 밥을 푼다. 맛있는 반찬은 이미 동난 상황이지만 '누구보다 빠르게 남들과는 다르게'는 꿈도 꿔보지 못하기에 애당초 포기했다. 이런 현상은 어른이 되어서도 계속되었다. 인기 과목 수강 신청, 시험 기간 도서관 자리 잡기, 보고 싶은 공연 콘서트 티켓 예매, 비행기에서 먼저 내리기 등등 사소한 부분들에서 언제나 뒤로 밀렸다. 다들 어찌나 빠른지! 사람들의 속도와 엄청난 열정에 압도되다 못해 혀를 내두를 때가 많다. "와, 벌써?"라는 감탄사를 자주 내뱉게 된다. '벌써 매진, 벌써 자리 없음, 벌써 다 끝남, 벌써 다 함.'

건물이 올라가는 속도를 보면 사뭇 놀랍고 끝도 없는 일을 다하고 여유를 부리고 있는 사람들을 보면 '내 안의 한국인 유전자 모터는 고장 난 것이 아닐까' 하는 생각이 들 때도 있다. 빠르고 넘치는 열정이 지금 고도로 성장한 우리나라를 만들었다고 한다. 우

리의 장점이자 자랑인 투지, 꺾이지 않는 마음이 많은 것을 이루게
했다. 세계의 어떤 나라 국민들보다 바쁘고 성실하게 살아가는 사
람들이다. 새로운 아이디어와 창작력으로 금세 세계를 매료시키는
문화 콘텐츠를 만들기도 한다.

요즘은 우리의 습관적 과속과 과도한 엔진 가동에 공장이
폭발하지 않을까 우려스럽기도 하다. 언제까지 더 속도를 내고 더
열심히 기계를 돌려야만 하는 걸까. 본디 성능이 그다지 뛰어나지
않은 엔진을 가진 느리고, 자주 휴지기가 필요한 사람으로서 조용
히 제안한다. 많은 엔진이 다 같이 조금씩은 속도를 늦추고, 가끔
은 쉬어보기도 하면서 재충전과 재정비의 시간을 갖는 시스템을
만들어 가는 건 어떨지. 어쩌면 더 효율 높은 투자가 될지 모른다.

1
당신이 특별
하다고 생각
하지 마라

2
당신이 다른
사람들처럼
선하다고 생각
하지 마라

3
당신이 다른
사람들보다
똑똑하다고
생각하지 마라

4
당신이 다른
사람들보다 더
낫다고 확신
하지 마라

5
당신이 다른
사람들보다 더
많이 안다고
생각하지 마라

얀테의 법칙
LAW OF JANTE

6
당신이 다른
사람들보다 더
중요하다고
생각하지 마라

7
당신이 다른
사람들보다 더
많이 안다고
생각하지 마라

8
다른 사람들을
비웃지 마라

9
누구든 당신한테
관심을 갖는다고
생각하지 마라

10
다른 사람들을
가르칠 수 있다고
생각하지 마라

+82 빨리

HURRY HURRY CULTURE

**❝개가 필요한 만큼의 운동을 할 수
있도록 해주어야 한다❞**

— 핀란드의 개에 관한 규정

어디든 함께 가는 펫pet

　　나는 대형견을 키운다. 개를 데리고 어디든 함께 가고 싶지만 많은 제약이 따른다. 개를 산책시키다가 마트에 필요한 것이 있어도 개를 데리고 들어가지 못하기 때문에 집에 데려다 놓고 다시 외출해야 한다. 한 번은 산책하러 나간 김에 들르고 싶은 곳이 있어 개를 상점 문 앞에 잠시 묶어두고 혼자 들어갔다. 시야에서 내가 사라지니 우리 집 개는 밖에서 주인을 찾는 듯 크게 짖어댔다. 함께 들어갈 수 있었다면 그런 일은 없었을 텐데, 주변 사람의 눈치도 보이고 개에게도 괜스레 미안한 마음이 들었다. 대형견을 키우다 보니 자가용을 이용하지 않고는 어디든 장거리 이동을 하기는 어렵다. 동물병원에 갈 때 특히 그렇다. 대중교통을 함께 타고 이동하는 것은 감히 상상할 수도 없는 일이다.

　　헬싱키 지하철 플랫폼에 들어섰을 때 나는 놀라운 광경을 보았다. 우리집 개보다 큰 대형견들이 자연스레 지하철을 이용하고 있었다! 지하철뿐만 아니라 버스, 트램, 기차에서도 같은 모습을 자주 볼 수 있었다. 장거리 이동을 위해 핀란드 기차 예매 사이트에 접속했다가 강아지 모양의 그림이 그려진 좌석을 보았다. 이동장반려동물 이동을 위한 전용 가방 없이 목줄만 채워 사람과 함께 탑승한다는 자체가 신기해서 일부러 반려동물 동행 칸으로 좌석을 예약했다. 한국에선 없는 시스템이므로 어떤 식으로 반려인이 반려동물과 이동하고 여행하는지 궁금했다.

어느 날, 내 옆자리에 대형견으로 보이는 반려동물이 탔다. 반가운 마음에 반려견뿐만 아니라 그를 데리고 탄 반려인과 인사를 했다. 함께 헬싱키에 있는 병원에 가는 길이라고 했다. 그녀는 반려견과 둘이 살고 있는데, 외출 시 지금처럼 이동장이나 전용 가방에 동물을 넣지 않고 이동할 수 있어서 긴 여정도 반려견과 함께하는 편이라는 말도 덧붙였다. 주변을 둘러보니 반려동물 전용 칸 끝에는 동물이 엎드리거나 누울 수 있는 특별한 좌석도 있었다. 전용 칸이 따로 있으니, 비반려인에게 불편함을 주거나 받지 않고 당당히 탑승할 수 있는 점이 꽤 부러웠다.

개나 고양이 외에도 모든 동물을 생명으로 존중하고 동물의 복지에 대한 사회적 합의가 이루어진 일부 유럽 국가들과 미국에서는 이동장 없는 대중교통 탑승을 허용한 지 오래다. 물론 사람과 함께 시설과 교통수단을 이용하기 위한 반려견과 반려인의 에티켓은 기본이다. 실제로 유럽이나 미국에서 반려견을 동행하여 공항, 기차 등을 이용하는 경우, 반려견은 주인의 발을 베거나 곁에서 얌전히 앉아있었다. 짖거나 소란을 피우지 않으며 승·하차 시를 제외하고는 반경이 넓게 움직이는 모습을 보지 못했다. 사람과 함께 불편 없이 살아가기 위해 기본 에티켓 교육을 받는다고 했다.

　　핀란드에서는 사람만큼이나 반려동물도 생명으로서 권리를 존중받는다. 핀란드의 개에 관한 규정에는 '개가 필요한 만큼의 운동을 할 수 있도록 해주어야 한다'고 명시하고 있다. 핀란드에서 만난 친구들 집에 갔을 때 손님이 와 있더라도 양해를 구하고 반려견을 산책시키는 모습을 종종 보았다. 바다가 꽁꽁 얼어붙을 정도의 추운 날씨에도 꼭 해야 하는 일이라며 같이 산책하기를 제안하는 경우도 있었다. 반려견 산책에 진심인 이들을 위해 헬싱키에서는 무려 92개의 크고 작은 반려견 공원Helsinki dog park을 조성해 놓았다. 개들을 위한 해변과 화장실도 있으며 헬싱키시 공식 홈페이지에 위치와 안내가 자세하게 설명되어 있다. 사람들이 자주 이용하는 공원 한편에는 국가에서 관리하는 반려동물을 위한 묘지도 있었다. 평생 함께했던 반려동물과의 추억을 묻어놓고 기리기 위해 작은 묘비와 함께 찍은 사진으로 아기자기하게 꾸며놓고 생각날 때마다 찾아와서 인사를 나누는 곳이었다. 이러한 것들은 반려견의 최소한의 권리를 보장하는 차원이기도 했다.

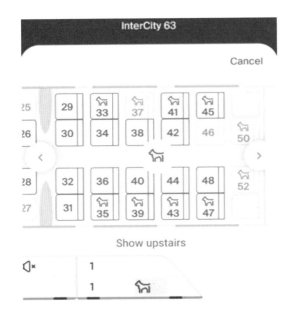

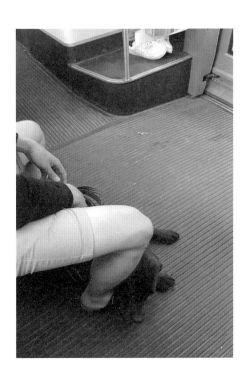

**"전용 운반 상자에 넣은 반려동물과
장애인 보조견은 대중교통 탑승이 가능하다"**

– 여객자동차 운수사업법

개 데리고 가도 돼요?

한국에서도 반려동물로 개나 고양이를 키우는 사람들을 쉽게 찾아볼 수 있다. 농림축산식품부에 따르면 2021년 기준, 우리나라에 반려동물(개, 고양이)은 약 743만 마리 있는 것으로 나타났다. 이렇게 많은 반려동물은 어디서 어떻게 왔을까? 대부분이 지인 간 거래, 펫숍에서 구입 또는 동물보호시설에서의 유기동물 입양을 통해 반려동물을 집으로 데려온다. 펫숍이 없는 핀란드의 경우 반려동물을 사고파는 행위를 찾아보기 힘들다. 해외에서는 통상 동물 보호소에서 유기 동물을 입양하는 방법으로 반려견을 맞이하게 된다. 영국에서는 '루시법*Lucy's Law'을 제정하여 생후 6개월 미만의 강아지나 고양이를 펫숍 등 제3의 유통업자에게 판매하지 못하도록 한다. 프랑스, 핀란드, 독일, 캐나다, 미국 등도 이와 같은 제제를 법으로 제정하여 '반려동물은 상품처럼 진열되어 판매되지 않아야 한다'는 의견에 동의하고 있다.

반면 한국에서는 여전히 펫숍이 당당히 존재한다. 좁은 진열대 안에 갓 태어난 강아지를 넣고 판매한다. 행인들은 투명한 유리창 너머로 진열된 강아지를 보고 귀여워하며 미소 짓는다. 쇼윈도 뒤에 가려진 커튼 안에는 판매되지 못한 채 커버린 개가 번식을 위한 모견 역할을 한다. 전문 번식장도 있다. '개나 고양이의 번식장 영업허가를 받기 위해서는 75마리당 1명의 관리 인력을 둬야 한다'는 법이 존재하니 법 자체가 번식장을 허가한 셈이다. 불법 번식 농장의 비위생적인 관리와 개를 보양식 재료로 업체에 암암리에 유통하는 모습을 담은 뉴스도 종종 본다. 뉴스는 동물보호법의 한계를 지적하며 처벌이 미미하다는 말로 끝이 난다.

한국에서 많은 사람들이 반려동물을 가족으로 맞이하는 상황이지만 여전히 공공장소에 개를 데리고 다니는 것은 무리다. 목줄 착용은 필수이고 대중교통 이용은 불가능하며 마음껏 뛰어놀 공간도 없다. 최근에는 도심에서 벗어난 곳에 유료로 운영되는 반려동물 전용 카페나 운동장이 생겼지만 접근성이 좋지 않아 자가용에 개를 태워서만 갈 수 있다. 동물 보호자의 이동 권리를 확보하기 위해서 2015년, 동물자유연대가 서울시에 '지하철 반려동물 전용칸 탑승 운영 제안서'를 제출했다. 반려동물 전용칸을 마련하고 필요하다면 유료 탑승 제도를 도입하자고 제안했지만 지금까지도 별다른 소식은 없다. 우리나라에는 '전용 운반 상자에 넣은 반려동물과 장애인 보조견은 대중교통 탑승이 가능하다'는 법이 있지만 반려동물을 데리고 공공시설을 이용하려면 승객들의 시선을 신경 쓰지 않을 수 없다. 실제로 대형견의 반려인인 나도 그런 경험이 있다. 반려견이 아파서 병원을 오가거나 멀리 나들이라도 가려고 하면 실상 자가용 없이는 이동이 불가능했고 다행히 택시라도 타게 되면 내내 가시방석이었다. 대형견이라 이동장에 넣는 것도 쉽지 않고 갇혀있는 반려견이 불편한 소리라도 낼까 봐 눈치가 보였다. 반려인 만큼 비반려인도 불편하기는 마찬가지다. 동물을 기르는 사람들의 탑승 편의를 고려해야 하지만 다른 승객들의 권리도 중요하기에 반려견으로 인해 불쾌감을 주면 안 된다.

　　　반려인은 내 반려동물의 안전과 매너를 확실히 책임지고 비반려인도 동물의 생명을 존중하고 배려한다면, 사람들의 동물복지 의식이 높아져 실효성 있는 정책들이 만들어질 것이다.

★ **루시법 Lucy's Law**
영국 웨일스의 열악한 번식장에서 강아지를 낳는 기계처럼 살다 2013년 구조된 모견 이름에서 따온 법이다. 영국 동물단체들은 루시의 이름을 딴 캠페인을 벌여 이 법을 통과시킬 수 있었다.

RULES IN DOG PARK

- **THE PERSON WALKING THE DOG IS RESPONSIBLE FOR THE DOG AT ALL TIMES.**
  반려견을 산책시키는 사람은 항상 반려견에 대한 책임이 있습니다.

- **IF THE PEN HAS SEPARATE SECTIONS FOR BIG AND SMALL DOGS, PLEASE TAKE YOUR DOG TO THE CORRECT SECTION**
  큰 개와 작은 개를 위한 별도의 섹션이 있는 경우 개를 올바른 섹션으로 데려가십시오.

- **PLEASE KEEP YOUR DOG UNLEASHED WHILE IN THE PEN**
  반려견 공원 안에 있는 동안 개를 자유롭게 해주세요.

- **MAKE SURE THAT YOUR DOG GETS ALONG WITH OTHER DOGS.**
  당신의 개가 다른 개들과 잘 지내는지 확인하십시오.

- **FOR YOUR DOG'S SAFETY, REMOVE ITS COLLAR OR HARNESS WHEN ENTERING THE PEN.**
  반려견의 안전을 위해 우리에 들어갈 때는 목줄이나 하네스를 제거하세요.

- **YOU CAN REPORT ANY HAZARDOUS VANDALISM AND DEFECTS THAT ARE DANGEROUS TO DOGS TO THE CUSTOMER SERVICE DEPARTMENT OF THE URBAN ENVIRONMENT DIVISION.**
  개에게 위험한 기물 파손이나 결함이 있는 경우 도시환경과의 고객 서비스 부서에 신고할 수 있습니다.

반려동물을 기르게 된 경로

[반려동물 양육자 723명 대상]

온라인으로 구입함 2.0%

지방자치단체 유기동물
보호소에서 입양함 3.2%

민간동물보호소
에서 입양함 4.3%

전문 브리더
에게서 구입함 4.4%

지인에게 유로로
분양받음 10.8%

길에서
구조함

13.0%

지인에게
무료로 분양받음

38.2%

펫샵 등
동물판매업소에서 구입함

24.1%

"절대 부모가 대신해 주지 않는다"

자립심이라는 선물

아이들이 혼자서 뛰어노는 모습, 혼자서 버스에 타는 모습, 스스로 간식을 찾아 먹는 모습, 넘어져도 스스로 일어나는 모습. 핀란드에서 흔히 만날 수 있는 아이들의 모습이다. 학교에 가는 아이를 차로 태워주거나 비가 오는 날 엄마가 우산을 갖고 학교로 아이를 데리러 가는 일상이 더 익숙한 나로서는 아이들의 이런 모습이 낯설게 느껴졌다.

핀란드에서는 자녀를 양육할 때, 무엇을 가장 중요하게 여길까? 한때 스웨덴과 러시아 사이에서 유럽의 최빈국이었던 핀란드가 지금만큼 성장하고 행복지수의 상위권을 유지할 수 있었던 건, 자립심과 독립심을 길러주는 교육 덕분이었다고 입을 모아 말한다. 공교육의 첫 관문인 학교에서도 같은 철학을 가지고 누구든 스스로 무언가를 할 수 있도록 자립적인 분위기를 조성한다. 그렇게 배운 아이들이 성인이 되고 부모가 되어 가정에서도 같은 방식으로 자녀를 가르친다. 자유로운 환경에서 자립심과 독립심이 길러지도록 다양한 선택지를 주고, 아이들의 기량에 맞게 목표를 정한 후 도달할 수 있도록 기다려 준다. 절대 부모가 대신해 주지 않는다. 자식에 대한 사랑이 없어서가 아니라 자식을 매우 사랑해서

란다. 아이들은 고등학교를 졸업하면 독립해야 하는데, 그 전에 스스로 설 수 있게 가르쳐야 한다고 말한다. 여기서 독립이란 주거 독립, 경제적 독립, 정신적 독립 모두를 말한다. 특히 가정에서는 정신적 독립을 시키기 위해 교육한다. 주거와 경제적인 부분은 국가가 책임져 주기 때문인데 얼핏 보면 꿀처럼 달콤한 혜택 같다. 내가 노력하거나 부유한 부모로부터 물려받지 않아도 살 집이 생기고 생계를 꾸려갈 비용을 걱정하지 않아도 된다. 게다가 대학이나 대학원 학비까지 무료다. 복지 강국 핀란드답게 국가가 책임져 주는 제도가 든든하기에 자식과 부모까지도 숨을 쉴 수 있게 해준다. 돈 때문에 부모와 자식 간에 얼굴 붉힐 일이 잘 없다. 아이가 태어나서부터 만 17세까지 매달 약 100유로의 아동수당을 지급한다. 부모가 아이를 양육하는 것에 대한 수당이며, 부모는 아이를 잘 키우겠다는 의미로 감사한 마음으로 받는 것이기도 하다.

이 모든 복지 혜택들은 핀란드에서 누구나 받을 수 있지만 자립하려는 노력 없이 의존하려는 사람은 사회적으로 허용되지 않는다. 러시아로부터 핀란드가 독립한 지 100주년 되던 해, 기념차 한국에 방문한 에로 수오미넨 Eero Suominen 핀란드 대사는 이렇게 말했다.

"핀란드는 자신을 스스로 돌볼 수 없는 사람을 국가가 돌보는 복지 제도를 잘 갖추고 있지만, 동시에 스스로 독립적인 삶을 꾸리지 못하면 부끄러움을 느끼도록 끊임없이 교육합니다. 예를 들어 핀란드 부모는 초등학교에 입학하는 일곱 살 아들에게 안장이 높아 타기도 힘든 자전거를 주고 해가 미처 뜨지 않아 어두운 겨울 아침에도, 눈이 쌓여 발이 푹푹 빠져도 혼자 알아서 등·하교하도록 내버려 둡니다. 그렇게 자란 핀란드 사람들은 자립하려는 노력 없이 생활 보조금 등에 기대는 무임승차자를 용납하지 않습니다."

　　핀란드 국민들도 익히 아는 사실이기에 자신의 삶을 자기 능력으로 꾸려가도록 최선을 다해 노력한다. 좋은 제도는 존재 그 자체로 가치를 발휘하지 못한다. 그것을 악용하지 않고 양심적으로 잘 활용하여 자립하려는 의지와 실현이 뒷받침되어야 할 것이다.

**❝부모는 자녀가 최고의 교육으로
최상의 삶을 선택할 수 있도록 도와준다❞**

최선을 다해 최고로 해줄게

　　한국의 부모들은 여유가 없다. 여성의 사회 참여율이 높아졌고 엄마, 아빠 할 것 없이 누구나 일을 해야 하는 것은 여러모로 당연하다. OECD 노동시간 상위권인 나라답게 집에서든 밖에서든 해야 할 일이 참 많다. 가장 빠르게 퇴근해 봐야 보통 직장인들은 저녁 6시에 회사를 나온다. 육아휴직을 당당하게 쓸 수 있는 유일한 직종인 공무원을 선호하는 이유 중 하나는 아이를 낳고 기르기 좋은 제도들이 가장 먼저 시행되는 곳이어서다.

　　바쁜 부모님들을 위해 아이는 선택의 여지 없이 초등학교 1학년 때부터 사교육 시스템으로 진입한다. 취학 전에는 어린이집이나 유치원에서 일찍 마치는 아이를 마중 나갈 사람이 필요한데, 할머니가 근처에 계시지 않는다면 등·하원 도우미를 고용해야 한다. 누군가의 손에 이끌려 귀가하거나 학원 또는 돌봄 센터 같은 곳에 보내진다. 이렇게 아이는 어쩔 수 없이 밤이 되어서야 엄마를 만날 수 있다. 하루 종일 일에 치이다 퇴근하여 지친 와중에도 밀린 집안일과 식사 준비로 아이와 단란하게 보낼 수 있는 시간이 얼마 되지 않는다. 만약 아이가 투정을 부리거나 떼를 쓰면 예민해진 부모님은 달랠 힘조차 남아 있지 않아 스마트폰을 쥐여준다. 아이는 스마트폰 안에서 움직이는 영상에 빠져들며 조용해진다. 자녀가 점점 자라서 확실한 의사 표현을 하게 되고 친구들과 함께 생활하게 되면서 무언가를 사달라고 요구하면, 기죽지 않도록 여력이 되는 한 뭐든 사주게 된다. 그것이 사랑의 표현이라 생각한다.

무럭무럭 커가는 자녀와 함께 사교육비도 기하급수적으로 늘어난다. 공교육에 대한 낮은 신뢰, 방과 후 시간 보내기 등의 핑계로 의무처럼 사교육에서 발을 빼지 못한다. 사교육도 다양하다. 기초적인 공부부터 요리 교실, 미술, 운동, 심지어 뇌 교육까지 없는 게 없다.

"열심히 일해서 번 돈의 대부분을 아이의 사교육비로 지출해요." 어느 연예인이 방송에 나와 토로 한 말이다. 재정이 상대적으로 풍족한 연예인이나 의사, 판사 등 소위 말하는 돈 잘 버는 직업을 가진 부모의 자녀들은 갖가지의 사교육을 받는다. 더 좋은 선생님에게 더 비싼 비용을 지불하며 자녀의 입시를 맡긴다. 머지않아 이런 기사가 난다. '연예인 OO 씨의 자녀, 미국의 OO 대학교에 수석 입학, 다섯 군데 동시 합격'의 제목을 달고 방송에 나와 자랑을 한다. 경제적으로 여유가 있는 부모는 자녀가 최고의 교육으로 최상의 삶을 선택할 수 있도록 도와준다. 반면에 그렇지 못하는 부모들은 자녀가 고용이 안정적이고 월급이 규칙적으로 나오는 직업을 가지기를 바란다. 그것이 바로 '공무원'이고, 공무원 입시가 의대 진학만큼 치열해진 이유이다. 공무원이 되면 정년까지 해고될 위험이 적고, 퇴직해서도 공무원연금이라는 보장된 미래가 있다고 믿기 때문이다. 명예롭거나 안정적인 직업을 택하길 바라는 부모님들의 마음은 아이들의 진로 선택의 폭을 좁힌다. 새로운 생각으로 다양한 경험과 도전을 해 볼 용기는 결국 자라지 못한다. 그러면서 자신의 삶을 스스로 선택하는 힘도 잃는다.

한국 부모들은 자녀에게 '투자'한다는 표현을 흔히 쓴다. 등골이 휠 만큼 과하게 일하며 할 수 있는 한 지원한다. 나중에 좋은 대학을 가고 좋은 직업을 가져서 성공하기를 바라는 마음에서다. 한국의 입시 현실을 담은 영화나 드라마가 공감을 얻고 인기를 끌기도 한다. 우리에게는 지극히도 현실적인 스토리가 세계적인 시상식에서 수상의 영광을 얻을 만큼 참신하고 놀라운 소재인 걸까.

선진국 어린이들의 정신적 웰빙

WORLDS OF INFLUENCE, 2020

UNDERSTANDING WHAT SHAPES CHILD
WELL-BEING IN RICH COUNTRIES, UNICEF

COUNTRY	PERCENTAGE OF CHILDREN WITH HIGH LIFE SATISFACTION AT 15 YEARS OF AGE 15세 아이들의 높은 삶의 만족 응답 비율
네덜란드	90%
멕시코	86%
루마니아	85%
핀란드	84%
크로아티아	82%
스위스	82%
스페인	82%
헝가리	77%
슬로베니아	72%
칠레	72%
미국	71%
한국	67%
일본	62%
튀르키예	53%

어린이 & 청소년 행복지수

OECD 행복지수 - 주관적 행복, 2021

삶의 만족

주관적 건강
좋지 않음

"삶에 만족해요"
66.5%
OECD 최하위 1순위

OECD 최상위 91.4%

"나는 내가 건강
하지않다고 생각해요"
26.7%
OECD 1순위

OECD 최하위 6.8%

외로움

"나는 매우/다소
외롭다고 느껴요"
22.0%
OECD 2순위

OECD 최하위 7.5%

"학교에서 배우는 것만으로 충분해요"

든든한 공교육

"당신의 아이들은 어떤 사교육을 받나요?"

"사교육, 그게 뭐예요? 무엇을 뜻하는지 잘 모르겠어요."

핀란드에서 만난 중학생 자녀 둘을 둔 어머니에게 사교육에 대해 물었더니 처음부터 대화가 원만하게 시작되지 못했다. 한참을 설명하니 대략 어떤 것을 말하는지 알아차리는 듯했다.

"학교에서 배우는 것만으로 충분해요."

한국에서 자란 나는 도무지 이해할 수 없는 대답이었다. 질문을 받은 그녀 역시 내가 어리둥절해하니 의문스러운 표정을 지었다. 뒤이어 취미활동을 위해 학교에서 배울 수 없는 승마수업을 받아본 적은 있다고 했다. 그녀의 집에 초대받은 날, 반나절 이상을 함께 있었는데 실제로 아이들이 학원을 간다든지 따로 공부하는 모습은 볼 수 없었다. K-POP에 관심이 많다는 중학생 소녀는 심지어 엄마와 함께 BTS 공연을 보기 위해 한국에 다녀왔다고 했다. 아이돌 그룹에 마음을 빼앗긴 딸을 나무라기는커녕 엄마도 함께 열렬한 팬이 되어 있었다. 공부만을 강요하기보다는 아이가 좋아하는 것에 관심을 주고 지지해 주는듯했다.

한국처럼 공부를 위한 학원 시스템은 찾아보기 힘들어 보였다. 핀란드뿐만 아니라 유럽 및 미국에서 사교육이란 대체로 사립학교를 뜻한다고 한다. 핀란드의 공교육은 이미 세계적으로 정평이 나 있다. 우리나라에서도 오래전부터 연수단을 꾸려 북유럽, 특히 핀란드에 선진지 연수를 가고 있지만 교육에 관한 통계가 발표된 결과들을 보면 아직 갈 길이 멀어 보인다. 핀란드와 우리나라 교육의 차이점은 무엇일까?

OECD의 '국제학업성취도평가 PISA' 보고서 자료에 따르면 핀란드의 사교육 시간은 매우 짧고 공교육 시간은 길다. 핀란드와 한국은 둘 다 PISA에서 꾸준히 최상위권에 있는 교육 강국이지만 공교육과 사교육에 대한 비율과 관심은 정반대이다. 핀란드 교육은 공교육이 활성화되어 있고 학생 모두를 중시하며, 한 명이라도 낙오자를 만들지 않겠다는 교육 철학을 가진다. 동시에 높은 점수보다는 '좋은 교육'을 하는 데 관심이 있다. 여기서 좋은 교육은 아이들을 경쟁시키거나 성적으로 줄지어 놓고 차별하는 교육이 아니다. 과목마다 개개인의 학습 능력에는 차이가 있기 때문에 각자의 목표를 설정하여 자신의 속도에 맞게 학업을 이어 나간다. 간혹 뒤처지거나 버거워하는 학생이 생기면 시간을 따로 내어 선생님이 직접 보충 수업을 해준다. 열정과 열의만 있다면 어떠한 지원책이든 동원하여 학생이 자신의 가능성을 스스로 찾을 수 있도록 도와준다. 빈곤과 불평등으로 교육의 기회를 박탈당하지 않도록 사회적인 제도로 학생들을 지지해 준다.

핀란드식 교육법에서 강조되는 것은 평등, 창의성, 자율성이다. 학생들이 자발적으로 공부하고 배우며 활동하는 자율성과 국가의 안정된 지원 시스템이 합쳐져서 학생들의 성취도가 자연스레 높아지게 된다. 이러한 교육 방식은 사회에 나가서도 직장, 단체, 모임 등 핀란드 구석구석에서 적용된다.

　　핀란드는 국가 경쟁력을 키우는 방법 중 교육을 가장 중요하게 생각한다. 학교에서 자립적이고 창의적인 인재를 길러내면 그들이 성장동력이 되어 기술 혁신이 일어나고 건강하고 발전적인 사회가 형성된다고 믿는다. 그렇기에 핀란드 사회에서는 교사도 의사, 변호사 못지않게 존경하며 대우한다. 사회는 교사의 전문성을 신뢰하고, 교사도 자부심을 가지고 교육 활동을 훌륭하게 수행한다. 계속해서 선순환이 일어난다. 이것이 바로 그들이 공교육만으로 충분하다고 생각하는 이유이다.

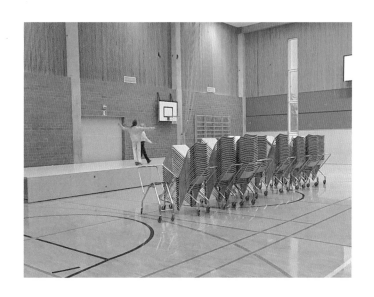

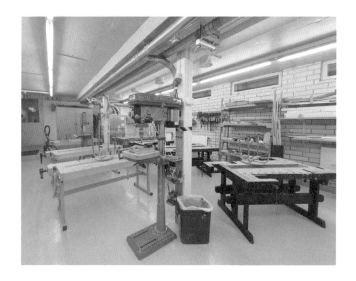

❝희망 직업이 없는 이유로
'내가 무엇을 좋아하는지 아직 몰라서'
를 가장 많이 꼽았다**❞**

든든한 사교육

사교육을 경험해 보지 않은 사람이 얼마나 될까?

모두가 하기에 안 할 수 없었다. 대부분이 무언가를 하는 데는 다 이유가 있다고 생각했다. 나만의 길을 찾기보다는 다수가 가는 길을 걸었다. 불편한 교복을 입고 딱딱하고 차가운 나무 의자에 앉아서 겨울에는 벌벌 떨고 여름에는 땀띠에 시달리며 고등학교 시절을 보냈다. 쉬는 시간이면 친구들과 쾌적한 환경의 교무실을 하릴없이 들락날락하다가 혼이 나곤 했다. 시험 성적이 나오면 낮은 성적을 받은 학생은 나가서 손바닥을 맞기도 했다. 학교에서는 성적순으로 학생들을 줄 세워 더 쾌적하게 공부할 수 있는 공간을 따로 마련해주기도 했다. 일명 '정독실'. 그 공간에는 누구나 알아볼 수 있도록 1등부터 순서대로 자리를 배치해 놓고 그들이 사는 세상을 만들었다. 나도 하염없이 부러워하며 거기에 들어가지 못한 스스로를 꾸짖었다. 그땐 당연하게 받아들인 학교의 풍경이지만, 지금 생각해 보면 서럽고 부당한 일이었다.

벌써 10여 년도 더 전의 일이다. 지금은 얼마나 달라졌을까? 학교의 시설은 한층 좋아진 것 같지만 학생과 교사가 서로를 존중하는 모습은 찾아보기 힘들고, 대학 진학을 두고 경쟁하는 탓에 사교육 시장은 더욱 커졌다. 때때로 나는 요즘 시대에 태어나지 않아서 다행이란 생각을 한다. 공교육 시간은 줄어들고 사교육에 대한 의존도가 높아지면서 부모님들은 눈코 뜰 새 없이 일해 번 돈을 자녀의 사교육을 위해 지출한다. 부모님의 경제 수준이 높을수록 더 많은 시간과 돈을 사교육에 투자하고 소위 더 좋은 대학에 진학한다는 사실은 통계로도 확인된다. 정부는 이런 상황을 개선하기 위해 공교육 재정을 확대하고 교사들의 수업 시간당 급여 수준도 OECD 최고 수준으로 지원하고 있지만, 학부모와 학생들의 사교육 의존도는 더욱 높아지고 있다.

통계청이 발간한 '아동·청소년 삶의 질(2022)' 보고서에 따르면 한국의 아동과 청소년들의 삶의 만족도는 해를 거듭할수록 지속해서 악화하고 있다. 특히 아동·청소년의 정서 건강을 다루는 주관적 웰빙의 부정 정서는 2017년과 비교해 2020년에 더 많이 증가했다. 사교육 참여율은 늘어나는 가운데 학생들의 희망 직업을 묻는 조사에서 '희망 직업이 없다'고 응답한 학생들은 증가했다. 희망 직업이 없는 이유로 '내가 무엇을 좋아하는지 아직 몰라서'를 가장 많이 꼽았다. 사교육 등 개인적인 학습 활동은 확대되고 있지만 아이들의 주도적인 진로 계획은 위축되는 상황이다.

우리 아이들의 정서 건강이 위협당하는 현실은 자살이 아동·청소년 사망 원인 1위라는 안타까운 현실을 낳았고, OECD 국가 중 아동 행복지수 꼴찌라는 충격적 오명을 안게 했다. 각박하고 경쟁적인 사회의 성적표는 자살률과 출생률로 나타난다. 수년째 세계 1위를 굳건히 유지하고 있는 자살률과 최근에 최저 출생률을 또 경신한 한국의 참담한 현실은 우리 모두에게 익숙한 사실이다.

　　열띤 경쟁으로 불행을 자처하기보다는 시도와 실패에도 관대하며, 원하는 것을 자유롭게 선택할 수 있는 교육 환경을 만드는 것이 안타까운 절망을 막을 수 있는 더 나은 방향이지 않을까. 든든한 공교육이 회복되어 학교를 마치고 빡빡하게 짜인 학원 스케줄을 감당하느라 패스트푸드를 먹어야 하는 아이들의 고단한 삶이 사라지길 바라본다.

교육의 형태와 모습

🇫🇮		🇰🇷
취학을 위한 테스트가 있음	입학형태	취학 나이가 되면 입학함
여러 연령이 한 반에 혼합편성	반 편성	연령별로 반 편성
아침식사 제공 (무상급식)	아침 식사	아침식사는 집에서 함
소규모 그룹 수업	수업 형태	단체 수업
날씨와 무관하게 보통 3시간 야외 활동	야외 활동	날씨에 따라 야외활동이 제한적이고 짧음
취학전 문자교육 하지 않고 책을 자주 읽어줌	언어 교육	취학전부터 언어교육 기본, 많은 학습이 이루어짐
자연 속에서 스스로 선택해 놀이함	놀이형태	장난감을 매개로 한 놀이를 가르침
아이 스스로 하도록 기다려줌	선생님 태도	많은 부분에 도움을 줌
놀면서 다치는 경험도 교육으로 인식	부모님 태도	놀다가 다치는 것에 예민

사교육비와 사교육 참여율

학생 1인당 월평균 사교육비 및 사교육 참여율

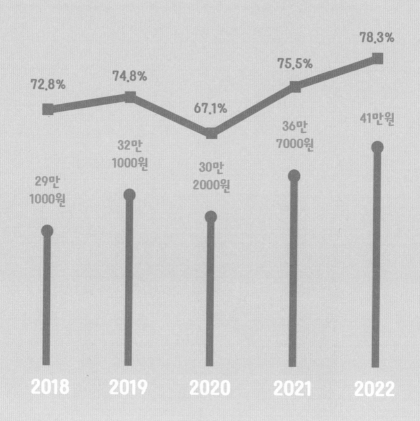

72.8%

74.8%

67.1%

75.5%

78.3%

29만
1000원

32만
1000원

30만
2000원

36만
7000원

41만원

2018　**2019**　**2020**　**2021**　**2022**

Finn Story 2 컬쳐푸드

Finland's cuisine is built around fresh,
natural ingredients gathered straight
from the waters, fields and forests

- VISIT FINLAND

FINLAND = CULTURE FOOD

핀란드 음식은 단순하고 심심하다. 자연 친화적인 나라이니만큼 음식에서도 순하고 자극적이지 않은 자연 재료를 중심으로 사용한다. 음식으로부터도 자연과의 연결을 느끼고자 하는 것이다.

한때 핀란드 음식이 세계 최악이라는 어느 프랑스 정치인의 발언이 있었다. 핀란드는 그 오명을 탈피하고자 식문화의 개선과 다양성에 관심을 쏟았고 다양한 나라의 음식을 개방적으로 받아들이고 있다. 연구와 혁신에 관해서는 선두 주자로 알려졌지만 유독 음식에 대한 전통을 고수하는 경향이 있었던 핀란드였다. 이제는 핀란드에서도 아시아 음식을 비롯해 향신료를 사용하는 여러 나라의 음식들을 맛볼 수 있게 되었다.

핀란드는 외식비용이 비싼 편이지만 다양한 음식 경험에 비용을 투자하는 사람도 늘고 있다. 핀란드 사람들이 주로 먹는 음식, 핀란드에서 먹어본 여러 문화권의 음식, 다른 나라의 식문화에 대해 호기심이 있는 핀란드 사람들에게 내가 직접 만들어 선보인 한국의 음식들을 떠올려 본다.

컬쳐푸드 ❶ 단순하고 자연친화적인 순하디순한 핀란드 음식

 핀란드에 온 이상 핀란드 음식에 완벽히 적응해 보고 싶었다. 핀란드 사람들이 해주는 음식이나 전통 음식 모두 열린 마음으로 감사히 먹었다.

 홈스테이를 하게 된 한 집은 작은 마을 숲속에 있었다. 기차역에 나를 데리러 나온 호스트는 집으로 나를 안내하기 전에 우선 큰 마트에 들러 식재료를 충분히 사는 게 좋겠다고 했다. 한국의 마트 분위기와 사뭇 달라 머뭇거리니 호스트는 식품마다 특징과 자기가 주로 애용하는 제품을 추천해 주었다. 우유, 치즈와 같은 유제품, 빵, 야채가 주식인 만큼 마트 진열대의 대부분을 차지하고 있었다. 품목은 단순했지만, 한 품목에서 고를 수 있는 상품은 매우 매우 다양했다.

 치즈의 종류가 어마어마하게 많아 눈 앞에 펼쳐진 치즈 세상에서 혼미해진 정신을 붙잡으며 이 치즈, 저 치즈를 들었다 났다 반복했다. 꽤 많은 식재료를 샀지만 실상 요리해 먹을 수 있는 것은 떠오르지 않았고, 빵에 치즈나 버터를 바르고 베리 잼을 더한 다음 몇 가지 야채를 얹혀 '앙' 베어 먹는 정도가 다였다. 다양한 브랜드나 질감의 빵, 치즈, 버터, 잼의 종류를 다양하게 조합해서 먹는 정도의 재미만 있달까?

 어떤 호스트는 빵이나 브라우니를 직접 만들어 주거나 핀란드 전통 음식을 소개해주기도 했다. 여름철에 직접 채취한 베리로 만든 잼을 요거트에 곁들여 먹으니 신선하고 자연적인 천상의 맛이었다. 핀란드 사람들은 삶을 살아가는 방식뿐 아니라 음식에서도 사연 친화적인 맛과 단순한 재료를 즐기고 있었다. 고자극 입맛에 길든 한국인으로서는 매운맛 금단 현상이 스멀스멀 나타나기 시작했다.

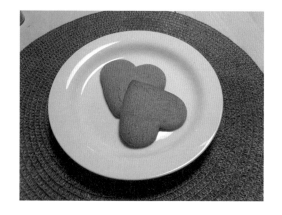

핀란드에 있는 동안 고요하고 아늑한 분위기에 영혼 정화를 제대로 했지만, 음식까지도 순수하고 그 맛이 너무나도 심심해서 머무른 지 얼마 되지 않아 금세 한식 앓이가 시작되었다. 건강을 위해 자극적이지 않은 음식을 먹는 그들의 식생활을 본받고 싶었으나 오래 가지 못했다. 초밥, 생선요리, 카츠와 같은 일본 음식점은 어렵지 않게 발견했지만 맵고 짠 음식이 그리웠다. 특히 겨울철에 필수인 국물 요리가 없어 허전한 기분이 이만저만이 아니었다.

소도시에서는 아시안 마켓에 가서 라면을 잔뜩 사고, 새해에는 떡을 사서 한국에서 가져온 코인육수_{동전 모양으로 만든 조미료}를 활용해 떡국을 해 먹었다. '역시 이 맛이야~' 하는 감탄도 잠시, 제한된 메뉴가 반복되니 서서히 물리기 시작했다. 여기저기 이동하는 지역마다 한식을 찾아 헤맸지만 결국 실패하고 가장 마지막 여행지인 수도 헬싱키에 도착해서야 몇몇 한식당을 찾아낼 수 있었다. 보글보글 김치찌개, 매콤한 김치, 불판에 구워 먹는 코리안 비비큐_{삼겹살} 정도가 한식 메뉴의 전부였다. 그마저도 코리안 비비큐 가게는 주말까지 예약이 꽉 차 두 모든 식당으로부터 퇴짜를 맞았다. 마지막으로 찾은 곳은 예약 취소 자리가 생겨 간신히 입장할 수 있었다.

'와! 이렇게 한국 음식이 인기가 많았다고?'

한국 소주를 약 25,000원에 판매하고 있었는데 거금을 들여 불빛이 켜지는 유리잔에 소주를 부어 고기와 함께 곁들여 먹는 테이블이 꽤 많았다. 여기서 중요한 것은 역시 동양인은 나뿐이었다는 사실! 한국 음식에 대한 자부심을 한껏 느끼며 베트남 사장님이 운영하는 핀란드 한식당에서 코리안 비비큐를 먹고 이내 묘한 행복감에 빠졌다.

핀란드에서 만나게 될 친구들에게 한국 음식을 소개해 주고 싶었다. 독특한 한국적인 음식을 떠올리던 중 겨울에 맛보는 붕어빵이 떠올라 작은 붕어빵 틀을 구매해 짐가방에 담았다. 마침 핀란드식 전통 벽난로가 있는 집에 가게 되어서 붕어빵 속을 팥 대신 피자 재료로 넣고 붕어빵을 만들어 주었다. 맛있다는 평에 자신감이 생겨 다음 날 저녁은 잡채, 된장국, 김밥, 계란찜, 계란밥으로 구성된 한 상을 차려 냈다. 그 집의 아이들은 된장국을 제외하고는 잘 먹는 눈치였다.

다른 집에서는 한국의 라면과 김밥의 조합으로 국민 분식을 선보였는데 호스트는 라면이 매운지 물을 세 컵이나 마시면서도 국물 한 방울 남김없이 깔끔하게 그릇을 비워주었다. 후식으로는 호떡을 구워 매운맛을 달래주었다. 아주 맛있었고 새로운 경험이라며 극찬을 아끼지 않았다. 아마도 내가 만들어 준 정성을 고맙게 생각해 눈물, 콧물 나는 힘든 매운맛을 감내해 준 것 같았다.

조리할 때 간을 심심하게 한다면 언어는 다르지만, 음식 문화는 충분히 교류할 수 있겠다는 생각이 들었다. 다음 만남에는 어떤 한국 음식의 맛을 전해주면 좋을까?

PART 3

권리와 의무

**" 교통복지를 더 개선하고
자가용 소유를 제로Zero로! "**

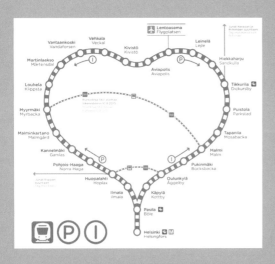

다정하고 똑똑한 시스템

　　핀란드에 처음 여행을 간 것은 6월의 여름이었다. 핀란드라는 나라를 찾는 한국인이 많지 않고, 대부분은 다른 유럽 국가를 방문할 때 수도 헬싱키에서 환승하면서 하루나 반나절을 체류하는 식으로 핀란드에 머물기 때문에 한국어로 된 핀란드에 관한 자료는 많지 않았다. 그럼에도 무작정 핀란드로 간 것은 초록을 실컷 보고 싶어서였다.

　　핀에어Finn Air라는 핀란드 항공기를 타고 헬싱키에 내려 다시 최북단 라플란드로 국내선을 갈아타는 일정이었다. 도시보다는 자연에서 지내는 것이 목적이기 때문이다. 헬싱키에 무사히 내려 라플란드행 국내선을 타러 게이트 앞에서 대기를 하고 있었는데 무엇에 홀렸는지 눈앞에서 비행기를 놓치고야 말았다. 여행 중에는 언제나 예상하지 못한 일이 벌어지니까 문제를 해결해 보자는 생각에 침착한 마음으로 헬프 데스크로 갔다. 비행기를 놓친 것은 나의 잘못이니까 다음 비행기를 자비로 재발권 해야겠거니 생각했지만, 항공사의 안내는 달랐다. 게이트에 비행기가 너무 연속적으로 배정되어 있어 혼선이 생길 수 있었겠다며 오히려 입장을 이해해주었다. 그리고 나서는 다음 비행기는 오늘 없으니 최대한 가고

자 하는 도시에 가까운 비행기로 티켓을 교환해 주고, 자동차로 숙
소까지 무료로 태워주겠다 했다. 물론 이미 보낸 짐도 모두 무리 없
이 전달해 주겠다고 하며, 3시간 후에 있을 비행기를 기다리는 동
안 공항 식사 쿠폰까지 챙겨주었다. 그 후 안내한 그대로 무사히 숙
소까지 갈 수 있었다. 공항에는 여성인 나를 배려해 여성 직원이
마중 나와 있었다. 짐도 이미 그 공항에 도착해 찾아서 차에 실을
수 있었다. 백야이긴 했지만, 밤 10시가 다 되어가는 시간이었고
숙소까지는 차로 2시간 정도 가야 했다. 숙소는 도시에 있는 것이
아니라서 꽤 찾기 힘들었다. 직원분은 주변의 여러 사람에게 물어
숙소를 찾아 주었고, 숙소 안까지 짐을 함께 옮겨주며 핀란드의 문
화가 낯설 수 있는 나에게 집 안의 여러 가지 물건의 사용법까지 알
려주고 가셨다. 핀란드 여정의 강렬한 첫 기억이다.

그 후 차를 렌트해 북쪽에서부터 남쪽으로 여행했다. 핀란
드는 너무나도 평지이고 국토도 넓은 데다 인구가 많지 않아 운전
하기 무척 수월하다. 계속 이어지는 도로가 단조롭긴 하지만 여름
핀란드의 풍광은 동화같이 아름답다. 차량이 많지 않아서 막힘도
전혀 없다. 물론 주차 스트레스도 없다. 주유비는 우리나라에 비하
면 비싼 편인데 그 이유는 휘발유 세금 비율이 높기 때문이다(우리
나라는 32.92%, 핀란드는 52.70%). 핀란드에서는 새 차를 사면 세금이 높
기 때문에 대부분 사람들이 중고차를 산다. 핀란드의 어니에 거주
하느냐에 따라 자동차는 굳이 필요하지 않을 수 있다. 헬싱키를 비
롯해 탐페레Tampere, 투르크Turku와 같은 대도시에는 버스, 기차, 트
램, 자전거 등으로 충분히 어디든 이동이 가능하기 때문이다. 다

만 도시가 아닌 외곽 지역에 산다면 자동차가 필요하다. 사람들의 차는 대체로 중소형 자동차나 소형 SUV다. 토요타 코롤라Toyota Corolla 모델이 핀란드에서 가장 많이 타는 차이고(2021년 기준), 우리나라 차 기아의 리오Rio, 씨드Ceed, 스토닉Stonic도 자주 보였다. 우리나라에서는 모닝이라고 불리는 기아 피칸토Picanto도 흔하게 보여서 놀랐다. 핀란드 도로에서는 세단형 고급 승용차는 거의 찾아보기 힘들다. 핀란드에서는 휘발유 가격이 비싼 탓도 있겠지만 환경을 보호하는 것에 대해 그 어떤 나라보다 진심이기 때문에 하이브리드차나 전기차를 많이 선호하는 추세라고 한다. 전기차 보급률은 노르웨이가 75%로 가장 높고, 아이슬란드 45%, 스웨덴 32%, 핀란드 18%로 북유럽 국가에서 전기차 보급률은 아주 빨라지고 있지만 우리나라는 아직 2%에 머물고 있다(2020년 기준).

여름 핀란드에서의 운전은 초보 운전자라도 누구나 두려움 없이 수월하게 할 수 있다. 눈이 많이 오는 겨울은 어떨까? 두 번째 핀란드 여행은 12월의 겨울이었다. 눈길 운전 경험이 거의 없는 탓에 렌트 없이 대중교통을 이용했다. 거의 매일같이 눈이 많이 내려 쌓이긴 하지만 무슨 요정이 다녀간 것처럼 눈 깜짝할 사이에 도로는 말끔해져 있고 도보도 길이 나 있다. 눈 오는 날씨를 이골이 날 만큼 익숙하게 겪었을 눈의 민족이라 제설 시스템이 완벽한 것이리라. 운전자들은 자동차에 체인을 감고 달릴 것이라 예상한 것과 달리 소형 경차로도 눈길 원거리를 능숙하게 운전했다. 북유럽 겨울 날씨에 맞게 엔진과 특수 타이어가 장착되어 있기 때문이라 했다.

어쨌든 눈길 운전이 무서운 자로서 핀란드의 대중교통을 종류별로 이용하게 되었다. 도시마다 지역 교통 앱이 있는데 헬싱키는 HSL, 투르크는 Föli, 쿠오피오는 Vilkku, 오울루는 Oulu Tickets라는 앱이 있다. 핀란드는 일찍부터 스마트 시스템에 주목해 성공적인 4차 산업혁명을 선도하는 국가여서 산업 전반에 자동화, 디지털화가 잘 이루어져 있다. 교통도 예외는 아닌데 오프라인에서 승차권을 구매할 수 있는 구매처나 발권기가 있고, 현금을 기사님께 직접 지불할 수 있지만 대부분의 핀란드 사람은 모바일로 승차권을 구매해서 이용했다. 이용 구역이나 기간에 따라 원하는 승차권을 구매할 수 있고, 어린이나 노약자, 학생들은 할인이 된다. 유아차(유모차는 차별적 표현이므로 유아차 바꿔 써야 한다)와 함께 타는 사람은 무료다. 버스, 트램, 지하철, 기차 모두 개찰구가 따로 있거나 승차권을 매번 확인 후 탑승하는 시스템이 아니다. 놀랍게도 승차권 구매는 양심에 맡긴다. 신뢰로 개찰구 설치 비용, 개찰구에서 낭비하는 시간, 누군가의 노고를 아낄 수 있다는 것이다. 대신 간혹 승차권을 확인하는 직원이 불시에 점검하는데 그때 승차권 없이 탑승한 사실이 확인되면 80유로의 벌금이 부과된다.

핀란드는 대중교통 시설 내부에서도 세심한 배려가 느껴지는데 어떤 대중교통이든 유아차나 휠체어가 타기 쉽게 되어있고, 내부에도 넓은 공간이 확보되어 있다. 버스는 기사님이 버튼을 누르면 완전히 기울어서 지면과 출입문이 닿는다. 지하철이나 트램에도 유아차 하차 버튼이 있는데, 버튼을 누르면 출입문과 승강장 사이를 잇는 패널이 등장한다. 바퀴가 빠질 염려 없이 그대로 밀어서 안전하게 내릴 수 있는 것이다.

자동차를 렌트해 직접 운전하지 않아도 가고자 하는 곳에 잦은 환승이나 지나치게 오랜 시간을 들여 가야하는 일은 없었다. 장기간의 여행이라 꽤 큰 사이즈의 캐리어를 끌고 이동했지만 대부분의 교통수단에서 타고 내리기 불편하다거나 둘 공간이 없어 탑승을 못 한 경우도 없었다. 핀란드 사람들이 물건을 많이 소유하지 않아서인지 기차의 짐칸에서 제일 큰 캐리어는 내 것뿐이었고, 대다수 자기 자리 위의 작은 선반에 가방을 두는 편이었다. 크리스마스 시즌이라 긴 휴가를 가는 사람들이 많았을 것인데 짐들이 대체로 간소했다. 도시와 도시 간은 우리나라로 치면 KTX에 해당하는 기차인 국영 열차 VR이나 Onnibus 등의 시외버스 노선이 꽤 촘촘하게 연결되어 있어 이동에 무리가 없었다.

기차에서 가장 인상 깊었던 점은 다양한 상황의 승객을 위한 공간과 서비스가 있다는 점이었다. 어린이 동반 승객을 위한 칸에는 어린이책, 장난감, 미끄럼틀, 유아용 테이블, 변기, 젖병 보온기구 등이 준비되어 있고, 장애가 있거나 거동이 불편한 승객_{휠체어 사용 승객, 노인 승객, 시각 또는 청각 장애 승객}들을 위한 무료 지원 서비스_{휠체어 경사로 및 리프트, 안내견 동반, 레스토랑 칸에서 식음료 서빙, 도우미 승하차 지원}도 제공된다. 기차에서 업무를 보는 승객들을 위한 엑스트라_{Ekstra} 클래스 객실도 선택할 수 있는데 개인용 공간이나 2~6인용 칸에 넓은 책상 공간, 전기 플러그, 커피, 차 등이 마련되어 있다. 12인용 컨퍼런스 객실도 있어 스크린과 프리젠테이션을 할 수 있는 공간도 있다.

객실마다 소음 발생의 정도가 구분되어 있기도 한데, 원하는 경우 더 조용한 객실을 선택할 수 있다. 식사를 할 수 있는 레스토랑 객실에는 다양한 음식을 판매하고 있다. 또 객실 중에는 반려동물을 동반할 수 있는 칸도 따로 있어 대형견도 전혀 문제없이 탑승할 수 있다. 그 밖에도 목적지에서 차량을 사용해야 하는 승객은 차량 운반 열차에 자가용을 실어서 이동할 수 있고 야간열차를 예약한 경우 침대, 침구, 암막 커튼, 샤워 시설이 있는 레일 위의 작은 호텔 방에 묵을 수 있다. 불가능한 것이 없다.

헬싱키시 대중 교통비는 성인 티켓 1회권single ticket*이 3.10유로(2023.3월 기준 4,280원)이다. 대중교통을 자주 이용하는 시민들은 충전용 카드나 정기권season ticket을 더 저렴하게 사용한다. 핀란드는 인구가 적은 편이지만 교통 사각지대가 없도록 대중교통 노선을 다양하게 운영하고 있다. 이에 드는 비용을 대중 교통비에서 충당하기 때문에 교통비가 비싼 편이라 한다. 도시에 사는 사람들은 개인 자전거나 시티 바이크필요할 때 비용을 지불하고 어디서든 탈 수 있는 공용 자전거를 많이 타는 것처럼 보였고, 자전거만으로도 충분히 이동이 가능한 도시 시스템이 구축되어 있다. 심지어 핀란드 사람들은 겨울 눈길에도 겨울용 자전거 바퀴로 교체해 능숙하게 자전거 이동을 한다. 도시와 도시를 잇는 기차의 경우 헬싱키에서 쿠오피오Kuopio라는 도시까지(391km, 서울 - 부산은 325km) 편도 가격이 약 37,50유로(약 51,800원, 2023년 3월)이다. 시외버스는 더 저렴하다.

핀란드는 모든 교통시설을 잇는 MaaS시스템Mobility as a Service을 헬싱키를 중심으로 운영하고 있다. 교통복지를 더 개선하고 자가용 소유를 제로Zero로 줄여 교통난에서 벗어나며 도시를 더 친환경적으로 만들고, 이동 수단을 소유가 아닌 공유하는 문화로 만들기 위한 서비스이다. Whim은 MaaS의 대표적 서비스로 스마트폰 앱에 출발지와 목적지를 입력하면 모든 교통수단을 조합한 최적의 경로와 비용이 한눈에 제공된다. 하나의 앱 안에서 사용하는 모든 이동 수단을 통합해 한꺼번에 결재한다. Whim의 추천에 따라 카셰어링, 철도, 택시, 버스, 자전거, 스쿠터, 주차장, 라이드 셰어링까지 자유롭고 합리적인 가격으로 이용할 수 있다. Whim은 Urban30, Student30, Weekend, Unlimited 등 다양한 옵션의 패키지로 사용할 수도 있다.

핀란드의 교통 복지, 친환경 통행 등의 합리적이고 혁신적인 교통 시스템만큼이나 놀라운 것이 시민들의 교통문화이다. 보행자로서 언제나 우선 배려 받았다. 횡단 보도를 기다리거나 길을 건너려고 하는 상황에서는 언제나 멀리서부터 차들이 속도를 줄였고 미리 먼저 멈춰주었다. 다 건널 때까지 기다리는 것은 당연했다. 정류장에서 버스를 기다릴 때도 서로 사적인 거리를 유지하면서 멀찌감치 떨어져 줄을 섰고 누가 먼저 타려고 하는 행동 없이 천천히 차례대로 승차와 하차를 했다. 기사님은 항상 인사를 건넨다. 대부분이 급하지 않고 친절하다. 한 개인의 삶에서 이동은 일상의 큰 부분이다. 안전과 편리함, 다양한 선택지와 누구도 소외되지 않는 것 등 고려해야 할 부분이 생각보다 많다. 핀란드의 세심함에 감탄하지 않을 수 없다.

★ single ticket
헬싱키 A-B구간 기준으로 2시간 내 버스, 지하철, 전차, 통근열차(지역 열차), 페리 또는 트램을 1회 이용할 수 있는 티켓

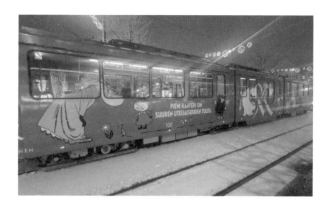

"지금 이 시간대에 거기로 가는 최선의 경로는 무엇일까?"

실시간 교통상황 check!

"저는 BMW 타요."

이 말에는 두 가지 해석이 존재한다. 실제로 독일 자동차 브랜드인 BMW사의 차를 자가용으로 운전하고 있다는 뜻이거나 버스, 지하철, 걷기Bus, Metro, Walking가 자신의 이동 수단이자 방법이라는 뜻이다. 개인적으로 모터＋바퀴의 조합으로 움직이는 것들의 조작 능력이 미숙한 나는 후자의 의미인 BMW를 선호하고 자주 이용한다. 서울이나 부산, 대구 등 광역도시에서 우리나라 대중교통 체계는 훌륭해서 버스, 지하철을 조합해 이용하면 웬만한 곳은 쉽게 오갈 수 있다. 도시 생활인이라면 자가용을 이용하는 것보다 경제와 시간 면에서 대중교통이 더 나은 선택일 수 있다. 대도시 안에서 자가용을 운전해 어딘가 가겠다고 결심하는 순간 생각해야 할 것들이 많아진다. 일단 '시간은 얼마나 걸릴까? 지금 이 시간대에 거기로 가는 최선의 경로는 무엇일까? 막히지는 않을까? 주유는 충분히 되어있나? 도착하는 곳에 주차할 공간은 있을까? 주차비나 통행료는 얼마나 들까?' 등의 생각들이 스친다. 혹시라도 가는 길에 사고 차량이라도 있다면 약속 시간에 늦을 가능성도 커지고 길이 막히기라도 한다면 스트레스도 커진다.

자가용을 소유하고 있으면 기동력과 자기만의 공간이 생기는 등 이점도 있지만 동시에 감당해야 하는 것들도 많아진다. 앞의 고민거리 외에도 부수적으로 자동차 유지비, 점검비, 세금, 보험료 같은 신경 써야 하는 부분들도 생긴다. 자가용 보유로 특별히 시간과 에너지, 돈이 절약되는 것도 아니고 환경에도 해를 끼치며, 대중교통이 잘 되어있는 도시에 산다면 자가용이 없더라도 생활하는 데 큰 무리가 없다.

그럼에도 많은 사람이 차를 소유하는 이유는 무엇일까? 먼저 가족 중에 아이나 노인들처럼 교통약자가 있는 경우라면 자가용이 꼭 필요할 것 같다. 또 많은 짐을 이동할 때마다 가지고 다녀야 하는 경우거나 업무적으로 잦은 장거리 이동이 있는 경우는 자가용이 유용할 것이다. 그렇지 않은 사람들도 굳이 무리한 비용을 지불하고 자동차를 소유하는 것을 자주 본다. 한 가정에 한 대 이상, 한 사람에 한 대 이상을 소유하는 경우도 꽤 있다. 우리나라 전국 자동차 등록 대수는 2,507만대라고 한다. 우리나라 인구가 5,155만 정도로 추정된다고 하니 인구 2.06 명당 1대의 자동차를 보유한 꼴이다(2022년 3월 기준). 아이와 청소년, 노인 인구를 감안하면 거의 성인 1명당 1대씩 자동차를 보유하고 있다고 봐도 무방할 것이다. 우리나라 사람들은 주로 중대형 승용차를 타는 편이다. 반면 경소형차를 타는 비율은 다른 나라보다 현저히 낮다(우리나라 경차 점유율 7%, 2019년 기준). 수입차 비율도 해마다 늘어 현재 12%에 달한다고 한다(2022년 기준). 왜 우리나라 사람들은 유독 크고 비싼 차를 소유하는 걸까?

자가용 보유 인구가 많다고 해도 대중교통에도 사람은 붐 빈다. 서울, 수도권에 살지 않지만, 광역도시에 살기 때문에 버스 나 지하철에서 앉아서 갈 확률은 그렇게 높지 않다. 한번은 출근 시간 서울 지하철 9호선을 탄 적이 있다. '지옥철'이라는 말이 왜 생겼는지 이해가 단번에 되었다. 의지대로 타고 내릴 수 없고, 사 방으로 누군가와 밀착된 상태로 불쾌지수가 극에 달했다. 이 출근 길과 퇴근길을 매일 경험하는 사람들은 어떻게 버티는지 존경스러 울 지경이었다. 대중교통의 현실도 녹록지 않은 것이다. 비용이 들 고 거북이 속도로 가더라도 좀 일찍 출발해서 내 차 타고 가는 게 낫다는 판단이 들만하다.

도로 위를 달리는 버스나 택시를 타는 건 사정이 좀 나을까? 다른 도시나 지역은 어떤지 모르겠지만 간혹 난폭한 기사님들을 만날 때가 있다. 운전이 난폭하다기보다 말투나 태도가 무서울 때 가 있다. 물론 난폭한 승객도 많다. 한때는 없던 기사분들 가림막 이 생긴 연유를 우리는 잘 알고 있다. 도로 사정이 좋지 않고 같은 노선을 매일 같이 반복적으로 운행하며 긴 근무시간에 막무가내 인 손님들도 가끔 있으니, 기사분들에게 친절한 서비스를 기대하 는 것이 지나치다는 것도 안다. 그럼에도 가끔 밝게 인사하며 탄 택 시에서 화난 듯 대꾸조차 없는 기사님을 만날 때, 버스에서 큰 짐 을 들고 탄 할머니나 외국인 승객들에게 호통치는 기사님을 볼 때 기분이 정말 상한다. 함께 탄 승객 중에도 유달리 크게 통화하거나 물건을 팔거나 종교활동을 하는 등의 행위로 소음공해에 시달리는 때도 많고, 지하철 안과 버스 안에서 들리고 보이는 광고들도 지나치게 피곤할 때가 많다. 아이들이나 노인들은 혼잡하고 바삐 움직여야만 하는 대중교통을 이용하기가 불편한 것도 사실이다. 유아차에 아이를 태우고 버스나 지하철을 탄다는 건 상상만으로도 고행길이다. 반려동물을 키우는 사람도 버스, 지하철, 기차는 물론 택시조차 함께 탑승하지 못하는 것이 현실이다.

보행자로서도 길을 다 건너기도 전에 우회전하려고 머리를 들이미는 차도 많고, 파란불이 아직 깜빡이고 있는데 출발하려는 차도 많다. 경적을 신경질적으로 울리고 창문을 열고 담뱃재를 털거나 음악을 크게 틀고 달린다든지 개조한 차를 큰 소리를 내며 과속하고, 지나친 선팅으로 차에 누가 있는지 전혀 확인 할 수 없는 일도 많다. 어떤 일은 일부 지역에만 가끔 있는 일일 수도 있지만 개인적 경험에 비췄을 때 나에게는 자주 관찰되는 일이다. 교통복지의 관점에서 우리의 교통 현실도 세심하게 들여다보고 개선되어야 하는 부분들이 있지 않나 생각해 본다.

각국 전기차 점유율

ELECTRIC MOBILITY, 2020

노르웨이 84%

스웨덴 70%

독일 55%

핀란드 43%

중국 35%

프랑스 21%

영국 34%

미국 7%

한국 3%

일본 2%

국내 자동차 누적대수 및 국산/수입차 비율

누적등록 대수 / 점유율

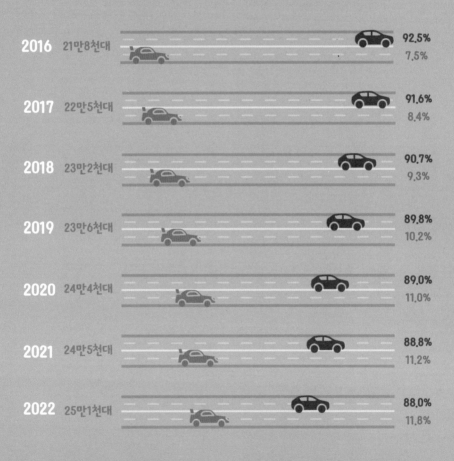

연도	누적대수	국산차	수입차
2016	21만8천대	92.5%	7.5%
2017	22만5천대	91.6%	8.4%
2018	23만2천대	90.7%	9.3%
2019	23만6천대	89.8%	10.2%
2020	24만4천대	89.0%	11.0%
2021	24만5천대	88.8%	11.2%
2022	25만1천대	88.0%	11.8%

국산차   수입차

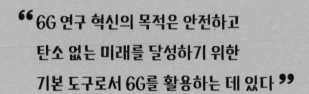

" 6G 연구 혁신의 목적은 안전하고
탄소 없는 미래를 달성하기 위한
기본 도구로서 6G를 활용하는 데 있다 "

6G 핀란드

　　처음 가보는 장소라도 전 세계 어디든 호기롭게 가 볼 용기를 낼 수 있는 것은 스마트폰이 있기 때문이다. 여권과 스마트폰만 있다면 어디든 갈 수 있다. 빠르고 원활한 통신망은 한국의 자랑 중 하나다. 불편함 없이 웬만한 곳에서 인터넷을 사용할 수 있다 보니 통신망이 없거나 느리다면 불편을 호소하는 것을 넘어 화까지 내는 사람도 있다. 상황이 이렇다 보니 한국에서 해외를 갈 때 보통은 데이터 유심칩을 필수로 챙긴다. 핀란드에 갈 때도 스마트폰 데이터 사용과 인터넷 연결에 대해 고려하지 않을 수 없었다. 한국의 통신 환경을 따라 올 나라는 없다는 것이 한국인의 기본 인식이기에 핀란드의 통신의 질이나 속도에 대해서 기대하지 않았다. 아무리 '복지 강국이지만 IT나 통신만큼은 우리나라가 최고지'라는 생각?! 무지가 자만을 낳았다. 핀란드는 전 세계에서 가장 디지털화된 국가였다. 국가 및 사회, 생활 시스템 전반이 고도화된 디지털 공공서비스로 정돈되어 있었다. 우리나라 못지않은 것이 아니라 우리나라만큼이나, 어쩌면 더 모바일 서비스가 잘 구축되어 있고 국민들이 활발히 활용하는 분위기였다. 실제로 핀란드는 스마트폰 보급률이 96%에 달한다고 한다 (2021년 기준). 16~24세의 젊은 층은

조사 응답자 100%가 스마트폰을 소유하고 있다고 답했다. 65~74
세 인구는 88%가 스마트폰을 소유하고 있다.

　　핀란드 사람들은 공공 행정이나 의료, 은행 서비스를 스마
트폰으로 처리하는 일에 익숙하다. 과거 핀란드 기업인 노키아
Nokia가 이동 전화 분야에서 글로벌 리더 역할을 했던 배경이 있기
때문이다. 상용 네트워크를 통한 통화가 1991년에 핀란드에서 최
초로 이루어졌고, 전국적인 모바일 네트워크가 어떤 나라보다 먼
저 구축되었다. 농촌 지역에서도 초고속 연결이 가능하고 5G 네
트워크가 전국적으로 빠르게 확장 중이다. 핀란드는 모바일 인터
넷 사용에서 1인당 월간 데이터 사용량이 세계 최상위인데 그 이유
는 통신사들이 무제한 데이터 요금제만 판매하기 때문이다. 무료
Wifi도 대부분의 공공시설에서 사용할 수 있지만, 모바일 데이터
사용에 제한이 없기 때문에 더 빠른 연결 속도를 누리기 위해 사람
들은 주로 개인 데이터를 사용한다.

　　핀란드 가구의 96%가 광대역 인터넷에 액세스할 수 있어
세계에서 가장 인터넷망이 잘 형성되어 있는 국가이다. 이는 2010
년에 광대역 인터넷 액세스를 모든 시민과 기업의 법적 권리로 간
주하겠다고 선포했기 때문이다. 핀란드는 어떤 기관이나 서비스든
대부분 세련된 홈페이지가 잘 구축되어 있고, 각종 정보나 이용 방
법, 예약 또는 구매 방법 등이 상세하게 설명되어 있다. 애플리케
이션을 통한 서비스 이용도 매우 흔하게 이뤄지고 있다. 핀란드는
기술로 합리적인 편리를 누구나 누리게 하는 것에 지대한 관심이
있는 나라라고 느꼈다.

실제로 핀란드는 글로벌 6G 개발을 선도해 6G Finland*라는 R&D 조직의 연합체를 운영하고 있다. 즉각적이고 제한없는 무선 연결을 통해서 지속 가능한 데이터 중심 사회를 이뤄내기 위해 국가 차원에서 6G 개발에 노력을 기울이고 있는 것이다. 세계 최초 대규모 6G 연구 프로그램인 6G Flagship이 2018년 핀란드에서 처음 시작되어, 현재 71개국 500개 학술 파트너와 31개국 400개 산업 파트너를 보유 중이다. 핀란드는 6G 노하우를 바탕으로 세계의 전문가들과 함께 협력하고 연구와 개발을 위해 활발한 논의를 하고 있다. 6G 연구 혁신의 목적은 안전하고 탄소 없는 미래를 달성하기 위한 기본 도구로서 6G를 활용하는데 있다. 녹색환경의 전환은 디지털화 없이는 이루어질 수 없으므로 핀란드는 디지털화를 통해 산업계가 배출량을 줄이고 에너지 사용을 최소화하도록 돕는데 6G 기술이 시급하다고 여긴다.

핀란드는 미래 환경과 세대를 구할 자원으로써 디지털 기술 개발에 투자하고 있다. 아이들이 학교에서 수업할 때도 디지털 기기 친화적 학습을 지지하기 위해 핀란드 교육 당국은 2012년부터 전국 학교에 모든 학생이 사용하고도 남을 만큼의 태블릿PC를 보급했다. 가정의 빈부격차와 상관없이 모든 학생이 공정한 기회의 접근성을 확보하고, 평등하고 동등한 교육 기회를 통해 미래를 준비할 수 있는 학습환경을 제공해야 한다는 취지에서다. 정보통신 기술을 의미하는 ICTInformation Technology Communication 교육에 대한 가이드도 국가교육 커리큘럼에 반영되어 있으며 ICT 역량을 기르는 것이 교육목표 중의 하나라고 명시하고 있다 (핀란드 초등교육 국가

핵심 커리큘럼, 2016년 개정). ICT가 가진 중요성과 잠재력이 큰 만큼 모든 학생이 스마트 기기를 다루는 것에 익숙해지도록 지도하되, 동시에 중독과 같은 위험성에 대해서도 가르쳐 책임감 있게 사용하는 방법을 알려주는 것 또한 명시하고 있다. 그렇기 때문에 고도화된 디지털 시스템과 무제한 데이터 사용이 가능한 핀란드 사회임에도 스마트폰 중독률은 전 세계 대비 현저하게 낮다. 실제로 생활하면서 사람들이 스마트폰을 계속 들여다보고 있거나 유아나 어린이들에게 스마트폰이나 태블릿PC 등을 보여주고 있는 광경은 거의 찾아보기 힘들었다. 식당과 카페에서도 그 장소 본연의 목적에 맞게 식사하거나 커피나 차를 마시며 대화하고 책을 보는 모습이 흔했고 당연했다. 핀란드 사람들은 디지털을 지혜와 절제로 사용하고 있었다. 실제 지켜본 그들의 시간은 자연에서 보내는 시간, 책을 읽는 시간, 운동하는 시간, 가족과 대화하는 시간으로 이뤄져 있었고 집이나 공공장소에서 스마트폰이나 TV, 컴퓨터를 들여다보고 있는 모습은 거의 보지 못했다. 문명의 이기에 잠식당하지 않고 도구나 수단으로서의 기능적인 면을 필요와 정도를 지켜 사용하는 모습에서 핀란드인 특유의 강직함이 보였다.

한편, 핀란드 사람들과 편지나 선물을 주고받고 싶었던 나는 핀란드의 우편과 배송 서비스에 대해서도 궁금해졌다. 핀란드 사람들 집에 머무르면서 그 누구도 집에서 택배 상자를 받는 모습은 보지 못했다. 마트에 가면 'Posti'라고 쓰여있는 사물함을 자주 보게 되는데 거기에 그 비밀이 숨어 있었다. Posti는 정부가 운영하는 400년 된 공식 우체국 기관이다. 사람들이 온라인에서 물건을 주문하면 대부분의 경우 Posti를 통해 전달받는다. 집 앞까지 물건을 배송해 주는 것이 우리에게는 익숙한 방식이지만 Posti는 이와 다른 방식으로 운영된다. 주문하거나 상대방이 보낸 물건을 찾으려면 OmaPosti라는 앱에 가입해 개인정보를 등록하고 우체국Postal outlet, 픽업 포인트Pickup point, 소포 사물함Parcel locker 중 선호하는 한 가지 장소를 지정하면 된다. 한번 등록한 후에는 이 앱을 통해 모든 우편물이나 소포의 발송과 수령, 반품과 운송 조회 등의 정보를 관리할 수 있고 이사 후 주소 변경, 개인 맞춤형 엽서와 우표, 스탬프 만들기 서비스 등을 이용할 수 있다.

　　　고객은 물건을 우체국으로 받기로 했다면 집 근처의 우체국으로 장소를 지정한다. 우체국에는 물건 수령뿐 아니라 발송 및 전반적 우편 업무를 처리하고 포장재나 엽서 등을 판매하기도 한다. 물건을 수령할 두 번째 선택지로는 픽업 포인트가 있는데 이곳은 물건을 수령하거나 반품하는 업무를 하는 공간이다. 자신이 있는 곳 근처의 픽업 포인트를 지정하면 그곳으로 물건이 배송된다. 마지막 선택지는 소포 사물함인데 주로 마트 입구에 있다. 자신의 동선과 가까운 마트 사물함으로 물건 배송지를 정하고 메시지로 비밀번호가 전송되면 인증절차를 거쳐 사물함에서 물건을 찾을 수 있다. 선불 소포의 경우 소포 사물함을 통해 소포를 발송이나 반송할 수도 있다. 이 3가지 방법 중 어떤 것도 할 수 없는 상황이라면 추가 금액을 지불하고 집으로 배송지를 설정할 수도 있다.

　　　Posti는 전국에 걸쳐 우편 배송 서비스의 사각지대가 없도록 2,300개의 소포 보관함, 1,000개의 서비스 지점을 확보하고 계속해서 네트워크를 확대하고 있다고 한다. 물건 배송의 형태가 집

앞이 기본이 아닌 것은 환경적 이유에서다. 소비자, 온라인 소매업체 및 Posti는 책임있는 전자상거래를 통해 탄소 배출량을 줄이는 것에 동의한다. 물건이 배송되는 과정에서 발생하는 오염을 최소화하기 위해 마트에 쇼핑하러 간 김에 Posti 사물함에서 고객이 물건을 찾아가기를 권하며 불필요한 운송 과정을 줄인다. 또 여러 물건을 주문할 때 되도록 같은 시기에 한 번에 주문해 한꺼번에 수령하기를 권한다.

　　Posti에서는 같은 맥락에서 소비자와 온라인 소매업체에 우편·배송 서비스를 이용하는 데 있어 환경적 차원의 팁도 제공한다. 소비자에게는 중고 구입하기, 환경문제를 고려한 온라인 상점의 제품을 확인하고 구매하기, 불필요한 구매나 반품은 피하기, 지나치게 큰 패키지 피하기, 가능하면 도보나 자전거로 소포를 픽업하기, 가까운 사물함 이용하기를 팁으로 전한다. 온라인 소매업체에는 제품의 내구성, 수리 가능성에 대해 설명하는 등 책임 있는 정보를 제공하기, 제품설명은 웹사이트에 기재하고 링크 제공하기, 다양한 배송 옵션에 따른 탄소 배출량의 영향을 소비자에게 알리고 배출량에 따라 가격을 달리하기, 재활용 원료로 만든 포장재료를 사용하고 과대포장 피하기 등을 제안하고 있다.

　　Posti는 또 물건을 운송하는 직원들이 기후 친화적인 방식으로 소포를 배송할 수 있도록 최근 전기 밴을 차량에 추가했다. 이 차량은 배기가스를 전혀 배출하지 않고 전기로 모든 소포를 배송할 수 있다. 실제로 도시에서 Posti 직원들은 차량보다는 자전거, 수레형 전동차, 입식 전동차 등을 타고 배송하는 모습이 자주 보였다. Posti의 박스도 대형 크기를 제외하고는 테이핑이 필요 없는 조립식 박스를 제공하고 있다. Posti는 EcoVadis가 평가한 사업의 지속가능성 순위에서 글로벌 상위 1%에 선정되는 등 친환경 운영에서 인정받고 있다.

번외로 핀란드에서도 고객이 음식점에 주문한 음식을 배달해 주는 서비스 기업이 있다. Wolt라는 기업인데 독특한 점은 직원들이 네모난 가방을 등에 메고 자전거 혹은 대중교통, 도보, 겨울철에는 심지어 스키를 타고 배달해 준다. 오토바이로 배달하는 모습은 보지 못했다. 어떤 배송 서비스라도 탄소발자국 줄이기를 고려한 방식을 택한다.

이렇듯 핀란드의 통신과 우편 서비스는 디지털화로 시스템을 구축해 원활히 활용되고 있다는 점과 더불어 언제나 친환경이 서비스 운영의 핵심이라는 것이 특징이다.

★ **6G Finland**

알토대, 헬싱키대, 탐페레대, 오울루대, 오울루 응용 과학대, LUT대, 노키아, VTT, 비즈니스 오울루, 핀란드 국방과학 연구소가 모여 창립한 R&D 조직 네트워크

" 내가 편리한 것 이면에는 다른 이의
힘겨움과 기후 위기라는 진실이 있다 **"**

현관 앞 새벽 배송

이웃집에는 택배가 하루에 평균 4~5개쯤 온다. 택배를 많이 주문하는 것은 자유이지만 복도에 매일 택배 박스가 쌓여가 통행에 불편을 준다. 물건을 바로바로 집 안으로 들여다 놓지 않고 필요할 때 물건만 꺼내 가기도 한다. 작은 음료수 페트병20개 들이를 한꺼번에 사서 복도에 두고 하나씩 꺼내 먹는 모습도 보았다. 한두 번쯤 택배 정리를 부탁한다고 말씀드렸지만, 그때뿐이라 포기하고 지낸다. 가끔 지나가다 박스가 발에 차여도 어쩌겠나 생각한다. 택배가 넘쳐서 현관문 앞을 지나 비상계단까지 물건 보관처로 사용하고 있는 모습을 보면 기가 찰 노릇이다.

물건을 주문하고 받고 보내는 일이 일상에서 정말 잦다. 온라인 쇼핑이 있기 전 택배 서비스라는 개념이 없던 시절이 기억조차 나지 않는다. 온라인 쇼핑몰에서 물건을 고르고 결제하고 배송을 받은 후, 각종 포장재와 택배 박스를 정리해 재활용 쓰레기 처리장에 버리는 과정까지 하다 보면 온라인 쇼핑이 과연 편리한 게 맞는지 모르겠다. 집에 물건이 도착하기까지 많은 사람들의 노고와 비용도 들 것이며, 쓰레기 발생과 환경에도 악영향을 미치는 것이 사실이다. 물건을 사러 직접 가지 않아도 된다는 점과 어쩌면 매장보다 저렴하게 살 수 있다는 점, 무거운 물건을 들지 않아도 된다는 점이 장점일 수 있겠지만 내가 편리한 것 이면에는 다른 이의 힘겨움과 기후 위기라는 진실이 있다.

택배 기사님, 배달 기사님들이 정말 많아졌다. 종종 엘리베이터에서 기사님들을 만난다. 물건을 배송받을 호수를 체크하고 층층이 버튼을 누르면서 미안해하신다. 엘리베이터 문을 잡지 않아도 될 만큼 빨리 갖다 놓고 올 테니 양해해 달라며 고마워하신다. 19층, 15층, 11층, 8층, 5층, 3층... 엘리베이터 문이 열리면 잽싸게 뛰어가 문 앞에 택배 상자를 밀어 놓고 달려오신다. 주머니가 많은 조끼에는 핸드폰이 여러 개 부착되어 있고, 택배 차량에는 셀 수 없는 박스들이 한가득 실려있다. 물론 모든 노동은 신성하다. 자본주의 논리상 내가 돈을 냈고 일하는 사람은 자신이 그 일을 스스로 선택해 돈을 버는 것이니 정당한 것이라 해도 그 일이 객관적, 물리적으로 지나치게 육체와 심리에 무리가 되는 것이라면 그 노동형태는 개선되어야 하는 것이 아닐까. 편하고 빠른 것을 흡족해했던 마음이 부끄러워진다.

택배나 배달 문화가 이렇게나 일상화된 것은 스마트폰이 보급되면서부터다. 한국인 10명 중 9명이 스마트폰을 보유하고 있다고 하니 스마트폰은 현대 한국인의 필수품이라 해도 지나친 말은 아닐 것이다. 스마트폰으로 인터넷, 애플리케이션을 통해 다양한 불편을 해소하고 영상을 보거나 게임을 하는 등 재미있는 활동도 할 수 있으니 그 유용함은 무한대다. 한국인들은 일명 얼리어답터가 많아 신형 스마트폰에 대한 관심도 높다. 전 세계의 스마트폰

평균 교체주기는 43개월인데 반해, 한국인의 스마트폰 평균 교체 기간은 27.9개월이라 한다(컨슈머 인사이트 2020년 조사). 2년의 통신사 약정이 끝나면 새 스마트폰을 사는 분위기가 일반적이다. 우리나라는 삼성이나 엘지의 자국 기업의 스마트폰이 출시되고 있다. 삼성 스마트폰 63%, 애플 스마트폰 30%, 엘지와 그 외 회사의 스마트폰은 낮은 비율로 시장을 점유하고 있다. 핀란드 사람들은 삼성 40%, 노키아 15%, 애플 14%의 비율로 스마트폰을 사용하고 있다고 하니 우리나라 사람들의 애플사 구매율이 높은 편이다.

　　우리나라 사람들은 스마트폰에 대한 높은 관심만큼이나 스마트폰을 사용하는 시간도 길고 의존도도 높다. 스마트폰이 없으면 불안하다고 답하는 사람들이 60.5%에 달하고, 여행을 가서도 인생샷 찍기와 SNS 업로드를 위해 스마트폰을 4시간 이상 사용하고 있다는 통계도 있다(호텔스 닷컴, 여행자 모바일 이용 현황조사, 2017). 세계에서 스마트폰 중독률이 가장 높은 국가를 조사한 결과에서 중국, 사우디아라비아, 말레이시아, 브라질에 이어 우리나라는 5위로 보고되었다. 영유아의 스마트폰 과의존 위험군 비율도 28.4%로 심각하다. 스마트폰은 우리 생활을 놀랍도록 편하고 즐겁게 해주는 도구이지만 이롭게 사용하는 것은 사용자의 몫이다. 현명한 디지털 사용을 위해 우리의 생활을 다시 들여다봐야 하는 때가 아닐까.

디지털 경제 및 사회 지수 DESI
DIGITAL ECONOMY AND SOCIETY INDEX
경제 및 사회 분야 디지털 전환 수준

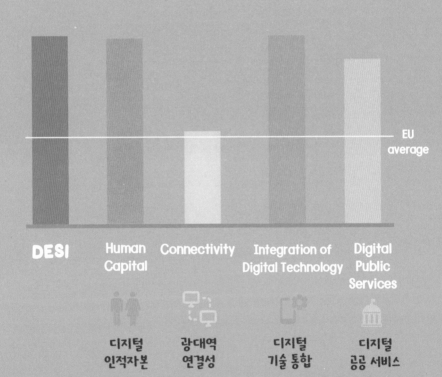

2022
DESI RANK 1 - DESI SCORE 69.6

EU average

DESI

Human Capital

Connectivity

Integration of Digital Technology

Digital Public Services

디지털 인적자본

광대역 연결성

디지털 기술 통합

디지털 공공 서비스

스마트폰 중독 글로벌 데이터

EXAMINING SMARTPHONE ADDICTION
GLOBAL DATA, 2022

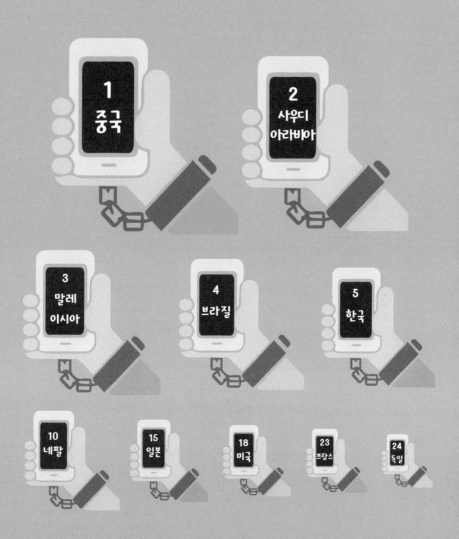

"오후 4시에 퇴근을 한다고?"

8 to 4

'핀란드' 하면 '잘사는 북유럽 복지국가', '워라밸work and life balance의 선두 주자'로 알려져 있다. 그 이유가 문득 궁금했다. 코로나19가 엔데믹으로 접어들면서 오래 기다려 온 핀란드로의 자발적 연수를 마침내 떠나게 되었다. 핀란드에 대해 궁금했던 부분을 직접 확인하고 경험하겠다 다짐했다. 그동안 가장 자주 들던 의문은 '핀란드의 경제적 자원이나 동력은 도대체 무엇이길래 우리보다 적게 일하면서도 여유 있는 삶을 살아가는 걸까?'하는 것이었다.

핀란드의 한 가정집에 머물며 가족들의 생활 패턴을 보게 되었다. 5년에 걸쳐 직접 지었다는 2층짜리 단독주택에는 40대 부부와 아이들이 살고 있었는데 어른, 아이 할 것 없이 모두 아침 7시쯤 일어나 8시 전에 출근과 등교를 마쳤다. 보통 오후 4~5시쯤 되면 마치고 늦어도 6시에는 귀가를 했다. 물론 초등학생들은 학교에 갔다가 더 일찍 돌아왔다. 하교한 아이들은 출출한지 스스로 빵과 같은 간편식을 꺼내 먹었다. 그러고는 학원에 가는 대신 집에서 책이나 TV를 보거나 그림을 그리며 놀았다. 가족들이 모두 집으로 돌아와 큰 식탁에 둘러앉아 같이 저녁 식사를 하거나 티 타임을 가졌다. 나도 그 자리에 함께하며 핀란드의 생활방식과 가치관, 복지 제도, 사회문제에 대해 물으며 궁금증을 해소하기도 했다.

　　특별할 것 없는 일상 같지만, 과로로 물든 나의 지난 직장 생활과 비교하면 핀란드의 일상은 굉장히 특별하다. 대체로 오후 4시에 퇴근을 한다는 것! 음식점, 버스, 도서관, 그 외 공공시설 할 것 없이 근로자들은 웬만하면 정해진 퇴근시간, 일명 칼퇴근을 엄수하고 있었다. 버스 기사님들이 노선 중간중간 자주 교대하는 모습을 목격했고, 상점에서도 물건을 고르다가도 마감 시간이라며 결제를 못 하고 나가야 하는 상황도 벌어졌다. 손님으로서는 조금은 떨떠름하고 아쉬웠지만 근로자의 퇴근 시간을 철저히 존중해주는 문화가 근사했다. 매일 퇴근할 때마다 눈치작전을 펼쳐야 했던 불편한 마음을 핀란드 사람들은 모르겠구나 생각하니 적잖이 부러웠다.

　　"오후 4시에 퇴근을 한다고? 그게 가능해? 왜 우리보다 적게 일하는데 어떻게 해서 잘 사는 거야? 아무래도 나라에 주어진 자원이 풍부하겠지?"

　　한국에 있는 지인들에게 핀란드의 근로 문화를 이야기해 주니 다수는 이렇게 반응했다. 북유럽의 작은 국가인 핀란드는 우리나라처럼 러시아와 스웨덴이라는 강대국 사이에서 갖은 고초를 겪어왔고, 천연자원도 없었으며 제조업에도 특별한 기반이 없었다. 인구도 적어 우리나라의 약 1/10정도 밖에 되지 않는다. 그럼에도 핀란드는 사람을 소중한 재산으로 여길 줄 알았다. 무조건 많은 노동시간을 투여해 일하기보다는 짧은 시간 집중력을 발휘해 효율적으로 일하는 근무 형태를 바람직한 노선으로 삼았다. 일찍 퇴근하

고 충분한 재충전의 시간을 가질 수 있도록 하는 분위기가 사회적
으로 조성되었다. 매일 긴 시간 최선을 다해 일하기보다는 휴식하
며 일할 때 장기적으로 근로자나 국가에 더 이로운 결과를 가져올
것을 예측한 것이다. 이렇게 휴식에 대한 관대한 태도가 여유로운
핀란드를 만들어 간다.

**❝ 악바리 근성을 요구받으며
무리하는 날들... ❞**

9 to 6 plus α

　　사상 초유의 코로나19 팬데믹으로 비상 근무팀에 투입되어서 일했을 때가 떠오른다. 누군가는 이미 지난 일이라며 코로나19가 한창이던 때의 기억이 흐려졌을지 모르겠다. 아마 당시엔 각자 나름의 이유로 힘든 시기를 보냈을 것이다. 코로나19 방역의 최전선에서 바이러스와 동고동락했던 나는 특히 그 시절 이 또렷한 기억으로 남아있다. 순식간에 전국이 셧다운되는 비상사태로 전쟁을 방불케 했던 그 2년간 나는 태어나서 가장 험난하고 끝이 보이지 않는 노동을 이어간 과로의 시간을 지났다. 다행히 동료들도, 나도 쓰러지지 않고 잘 버텼지만, 일상적인 생활이 아니었기에 몸도 마음도 굉장히 지쳐있었다. 체력적인 한계보다 나를 더 힘들게 한 건 멍 든 마음이었다.

　　코로나19 바이러스 검체는 물밀듯 밀려 들어왔고 밥 먹을 시간은 고사하고 화장실 갈 시간도 없이 바삐 움직였다. 신종 감염병에 대한 막연한 두려움으로 의뢰자들은 검사 결과를 초조하게 기다렸고 재촉하는 속도도 점차 가속되었다. 검사 할 검체량은 계속 산더미처럼 쌓여만 가니 모두가 예민해질 수밖에 없었다. 조금의 실수도 용납되지 않는 건 당연하거니와 한국인 특유의 빨리빨리 문화와 밤을 새워서라도 일을 다 해야만 한다는 악바리 근성을 요구받으며 무리하는 날들이 끝없이 이어졌다.

동료들을 살뜰히 챙기고 실수를 이해해 줄 여유가 없었다. 금방 끝날 줄 알았던 코로나19 상황은 기약이 없어진 지 오래되었다. 자야 할 시간에 잠을 못자고 생활패턴이 바뀌다 보니 급속도로 체력이 고갈돼 완벽을 자랑하던 동료들의 일 처리도 삐걱거리기 시작했다. 같은 방향으로 한배를 저어가는 줄로 믿었던 상사 중 몇 분은 실무진 개개인을 비교하기 시작했다. '누구는 잘하고 누구는 못한다'는 둥 누적된 과로로 집중력을 잃은 후배를 보듬어주기보다 평가 대상으로 여기며 신랄하게 비판했다. '어벤져스'라며 함께 의지를 다져 일했던 동료들 사이를 이간질 하는 역할을 하기도 했다. 그 와중에 외부 의뢰자에 대한 친절한 응대가 부족하다는 핀잔도 더했다. 코로나19 비상근무는 봉사와 헌신의 마음으로 시작해 점차 무리한 강요와 갖가지 부정적인 감정으로 물든 정신적 스트레스로 채워졌다. 그렇다고 내 몫을 다하지 못한 채 도중에 이탈할 순 없었다. 한 명의 부재도 남은 동료들에게는 부담이 될 것이 당연했다. 버티고 또 버텼다. 상사들이 원하는 대로 아무런 불평의 말도 내뱉지 않은 채 그저 묵묵하게 괜찮다는 말만 하며 미소 짓지는 못했다. 고생한다는 말과 따뜻한 시선들도 점점 사라지고 현장에서 근무하는 사람들의 긴장과 과로는 공감받지 못한 채 남겨졌다. 익숙해진 비상 상황에 주변 격려의 말에도 무뎌졌다.

더디지만 시간은 흘렀다. 코로나19 바이러스도 여러 번의 변이와 유행이 거듭되더니 일단락되는 듯했다. 엔데믹이 선포되면서 비상 근무팀은 해산했고 나는 여러 이유로 얼마간의 휴식을 하기로 했다. 휴직 결정을 전하는 과정에서 멍든 마음에 한 번 더 생채기를 낸 말을 들었다. "모두 같이 비상근무를 했는데 유독 너만 힘들었던 것처럼 행동햐느냐!"는 말이었다.

　　우리 사회는 과로에 익숙한 노동 사회고, 휴식에 너그럽지 못하다. 한국은 세계에서 가장 많이 일하는 나라로 유명하다. 개인적인 시간을 충분히 가지겠다는 것은 사치이자 용기가 필요한 결정이라 여긴다. 그렇지만 많이 일한다고 해서 보람을 더 느낀다거나 노동시간에 비례해 높은 임금을 받는 것 같지도 않다. 과로가 지혜는 아니다. 우리도 4시에 좀 퇴근하면 안 될까...?

세계 각국의 연간 근로시간

ANNUAL WORKING HOURS, 2023
ACROSS OECD COUNTRIES

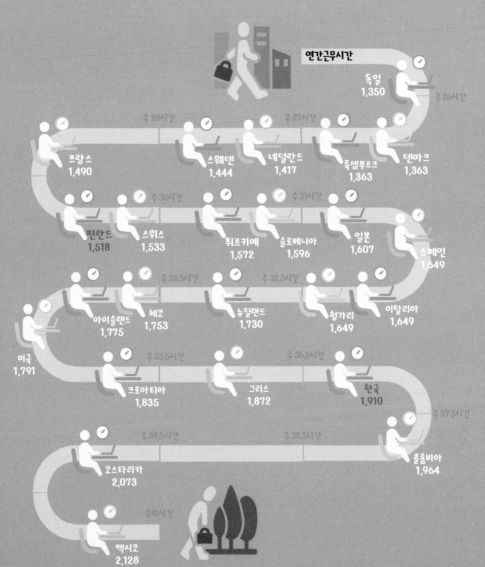

연간근무시간

독일 1,350
주 26시간

프랑스 1,490
주 28시간
스웨덴 1,444
네덜란드 1,417
주 27시간
룩셈부르크 1,363
덴마크 1,363

핀란드 1,518
스위스 1,533
주 30시간
튀르키예 1,572
슬로베니아 1,596
주 31시간
일본 1,607
스페인 1,649

아이슬란드 1,775
체코 1,753
주 33.5시간
뉴질랜드 1,730
주 32.5시간
헝가리 1,649
이탈리아 1,649

미국 1,791
크로아티아 1,835
주 35.5시간
그리스 1,872
주 36.5시간
한국 1,910

주 37.5시간

코스타리카 2,073
주 39.5시간
주 38.5시간
콜롬비아 1,964

멕시코 2,128
주 41시간

국가 경쟁력 순위 (2022)

경제성과, 정부 효율성, 기업 효율성, 인프라 분야 평가

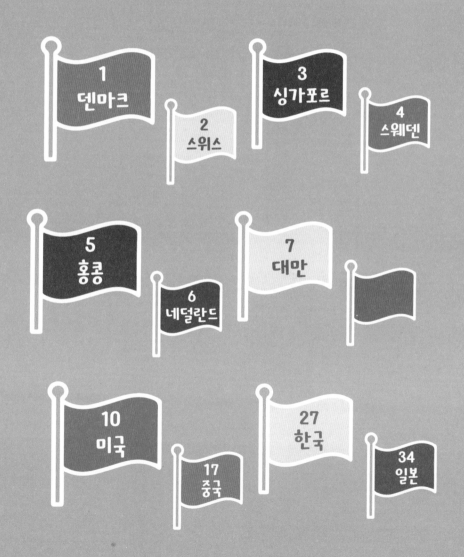

❝복지 혜택들의 근간은 성실히 일해서
정직하게 낸 세금 덕분이라 생각해요 ❞

질투의 날

　　전 세계에서 가장 행복한 국가라는 타이틀을 가진 핀란드에 대한 소식을 들을 때면 나는 종종 사람들에게 이런 질문을 해보았다. "핀란드는 복지국가라서 든든한 사회제도와 안전망이 존재해. 우리도 이렇게 살아보면 어떨까?"

　　항상 대답은 비슷했다. "난 반대야. 월급의 반을 세금으로 내야 하잖아. 너무 가혹해." 이 말을 들은 나는 궁금해졌다. '정말 월급의 반을 세금으로 낼까? 과연 핀란드 사람들의 생계유지는 괜찮은 걸까? 핀란드의 높은 세금 제도에 대한 반대는 없을까?'

　　핀란드에 간다면 현지인에게 물어볼 목록에 이 질문들을 추가해 놓았다. 마침내 질문에 대한 답을 알아볼 기회가 찾아왔다. 현지인에게 생생한 응답을 듣기 위해 일부러 홈스테이 형태의 숙소에 묵었다. 다행히 호스트들은 대체로 호의적이고 정보 공유를 즐기는 개방된 성향이었다. 어느 저녁, 내가 묵었던 한 가정집의 테이블에 세금 고지서가 놓여있는 것을 발견했다. 자연스럽게 세금에 대한 이야기를 나누게 되었다. 약 연 3만 유로 정도의 수입을 가질 경우 개인 소득세, 연금, 실업 보험 등을 합하여 30% 정도의 세금을 낸다고 했다.

"높은 세금이 전혀 부담되지 않는 것은 아니지만 여태껏 살면서 받은 복지 혜택들의 근간은 성실히 일해서 정직하게 낸 세금 덕분이라 생각해요. 직장을 다니며 아이들을 건강하고 부족함 없이 키워낼 수 있었던 것도 국민들의 세금으로 운영되는 복지 제도에서 오는 안정감 때문이에요."

세금에 대한 그들의 생각을 물으니 이런 대답이 돌아왔다. 한마디로 자신이 낸 만큼 돌려받고 있으니 만족한다는 것이다. 그의 의견만 듣고 성급한 일반화를 하지 않기 위해 핀란드에서 만난 다양한 직업군의 친구들에게 똑같은 질문을 했을 때도 비슷한 답이 돌아왔다. 실제로 인터넷과 도서관의 정보와 여러 자료로부터 찾은 내용도 일맥상통했다.

핀란드 국세청은 매년 11월 1일에 전 국민의 소득과 세금 납부 내역을 공개하고 이날을 '질투의 날 National Jealousy Day'이라 부른다. 세금을 많이 낸 사람, 즉 소득 수준이 높았던 사람을 그렇지 않은 사람이 부러워한다는 뜻에서 만들어진 이름이다. 핀란드의 유명한 고소득자, 슈퍼셀*Supercell CEO인 일까 파나넨 Ilka Paananen 은 매년 500억 원 정도의 소득세를 내는 것에 대해 불만을 품거나 만족스럽지 않다는 말 대신 자신의 납세 기록을 자랑스럽게 여긴다고 했다. 슈퍼셀의 창업 초창기 시절, 핀란드 정부의 창업 지원이 없었으면 여기까지 오지 못했을 것이라고 했다. 사회로부터 받은 것들을 환원할 수 있고 핀란드 국민들이 평등한 기회를 누리는 데 기여할 수 있다는 사실이 기쁘다며 모범답안과 같은 소감을 밝혔다. 고소득자들을 포함에 대다수의 핀란드 국민들은 복지국가를 유지하기 위해 높은 세금을 내는 것에 동의한다고 했다. 정부의 투명성, 국민의 신뢰성, 납부의 성실성, 받은 만큼 또는 그 이상 환원하겠다며 욕심내지 않는 국민성이 모여 핀란드 사회의 선순환이 유지된다.

★ 슈퍼셀 Supercell
핀란드 헬싱키에 본사를 둔 게임 회사로 '클래시 오브 클랜 Clash of Clans'이라는 게임으로 유명하다.

Taxes in Finland

"어쩔수 없이 낸다
빼앗기는 기분이다"

절세의 지혜

대한민국 국세청에 따르면, 세금은 나라의 운영에 필요한 비용을 스스로 납부하는 것을 뜻하며 민주주의 국가에서 행복하게 잘 살기 위한 국민의 권리이자 의무이다. 헌법에도 세금을 납부하는 것을 국민의 의무로 정하고 있다. 다시 말해 나라가 주는 많은 혜택을 누리는 대가로 세금을 내는 것이고, 나라 살림에 필요한 공동 경비인 세금의 마련을 위해 국민이라면 누구나 법에 정해진 대로 나누어 내는 것이라고 한다. 세금의 정의를 보며 새삼 세금의 중요성을 다시 한번 느낀다. 세계 최저치의 출생률과 낮은 삶의 만족도로 행복하지 않다는 우리 국민도 모두의 더 나은 삶을 위한 투자로 복지국가의 선례처럼 조금 더 많은 세금을 내고, 만족할 만한 복지의 확대를 원하고 있을까?

한국 납세자 연맹에서 2019년 세금 만족도 설문조사를 시행했다. '복지 확대를 위해 세금을 더 낼 의향이 있는지'를 묻는 말에 '낼 의향이 없다'가 62.3%로 가장 우세했다. 이것만 봤을 때는 복지국가가 되기를 진심으로 바라는 것 같지 않다. 한국보건사회연구의 한 연구에서는 '각종 세금을 납부할 때 어떤 생각이 드는가?'라는 질문을 했는데, '흔쾌히 낸다'고 낸다고 답한 사람은 12.2%지만 '어쩔 수 없이 낸다', '빼앗기는 기분이다'라는 부정적인 느낌의 응답은 87.8%를 차지했다. 한국의 납세자들이 세금을 적게 내려고 하는 데는 이유가 있을 것이다. 2021년 한국경제연구원이 수행한 '조세부담 국민 인식 조사'에서 상당수의 국민들이 세금 부담이 과중하다고 느꼈다. 세금을 늘리는 데에 반대하는 이유로는 응답자의 절반이 '세금이 허투루 낭비되거나 투명하게 관리되지 않고 있다'는 점을 지적했다. 건전한 재정 유지와 안정적 세금 확보를 위한 과제로는 '조세제도 및 조세 행정 투명성 강화'를 우선으로 꼽았다.

우리가 꼭 북유럽 복지국가처럼 될 필요는 없지만 문제점들을 개선해 나가려면 세금을 투명하게 사용하여 신뢰를 높여야만 한다. 세금 사용의 투명성이 전제된다면 국민들의 생각은 바뀔 수 있다. 어려운 처지에 있는 사람들을 돕고 지원을 토대로 자립하려는 의지를 보인다면 세금을 더 내는 것에 대한 반대 의견은 줄어들 것이다. 나만 잘 살면 된다는 생각을 극단적 개인주의라며 나무라하기 이전에 다 같이 잘 살 수 있는 환경이 만들어져야 한다. 돈을 벌어도 부의 축적에만 관심을 가지고 주변을 살피지 않는다면 사회는 점점 더 팍팍해질 것이다. '어떻게 하면 세금을 덜 내거나 감면받을 수 있을까?'를 궁리하기보다는 부과된 세금을 성실히 납부하거나 자발적으로 세금 신고를 하고, 이렇게 거둬들인 세금을 부정부패 없이 공정하고 투명하게 쓰는 등 모든 부분에서 양심적인 처사가 필요하다. 내가 낸 세금이 누군가에 도움을 주고 나 역시 그

혜택을 누릴 수 있다는 믿음을 가져보았으면 한다. 절세의 지혜보
다는 납세의 뿌듯함을 위하여!

Finn Story 3 라이브러리

The National Library of Finland is a cultural heritage
organisation that is open to all and provides
nationwide services to citizens, scientific communities
and other societal operators.

- National Library of Finland

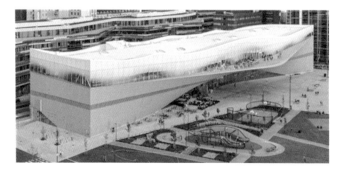

FINLAND = LIBRARY

핀란드에는 구석구석 도서관이 많다. 인구 550만 명의 나라에 약 730개의 도서관이 있다. 7,500명당 1개의 도서관을 보유하고 있는 셈이다. 핀란드에서 도서관은 단순히 독서의 장소를 넘어, 문화 및 미디어의 허브이다.

인구의 약 40%가 도서관을 활발하게 이용한다. 핀란드 도서관 시스템은 평등한 핀란드 사회의 토대이다. 도서관은 나이, 인종, 직업과 관계없이 모두에게 개방된 대표적인 공공재이다.

핀란드 사람들의 마음속에는 늘 책이 가까이 있다. 평균적으로 핀란드 사람들은 매년 4권의 책을 사고, 도서관에서 12권을 빌린다. 전자매체에 익숙해진 인터넷 시대에도 핀란드 사람들은 여전히 독서를 즐긴다. 책을 선물하는 것은 그들에게 오래된 전통이기도 하다.

어디든 도서관 **①** 투르쿠 도서관

인구 17만 5,000명의 고요한 도시, 핀란드 투르쿠 시가지에 위치한
Turku City Main Library.

하루 4,000명의 시민이 이용하는 투르쿠 중앙 도서관은 국적을 불
문하고 모든 사람에게 열려있기에 투르쿠에 머무르는 동안 여러날을
방문했다. 그 누구의 눈치도 보지 않았고 좌석 예약 시스템도 따로 없
어 편하게 이용할 수 있었다. 익숙하지 않은 도서관 풍경에 주변을 둘
러보며 사람 구경을 했다. 도서관은 핀란드에서 가장 많은 사람을 만
나볼 수 있는 곳이다. 아주 어린 아이들부터 노령의 할아버지까지 전
연령층이 활발하게 도서관을 드나들었다.

단순히 책을 볼 수 있는 공간에 국한하지 않고 극도의 조용함을 요
구하는 공간, 음식을 먹으며 이야기를 할 수 있는 공간 등이 골고루 배
치되어 있었다. 적당한 백색소음과 탁 트인 전망이 보이는 통창 인테
리어로 마치 카페에 와있는 기분이 들었다. '카공족카페에서 공부 또는 일
을 하는 사람'의 비애라는 건 있을 수 없겠다 싶었다.

어디든 도서관 ② 대학 도서관

　복지국가 핀란드의 대학 시설과 도서관이 궁금해서 핀란드의 대표적인 대학교로 꼽을 수 있는 투르쿠 대학교, 오울루 대학교, 알토 대학교를 방문했다.

　대학교의 학식도 먹어보고 도서관, 강의실, 실험실을 비롯한 모든 시설을 꼼꼼히 살펴봤다. 학생증이 있어야만 출입이 될 것이라 생각해서 살짝 긴장했지만 내가 갔던 모든 대학교에서 학교 시설 전반을 개방하고 있었다. 도서관은 넓고 깨끗하며 아늑하기까지 했다. 사실 나는 핀란드 대학교를 둘러보면서 꽤 슬퍼졌다. 나의 대학생 시절, 도서관과 사물함은 늘 자리가 없었다. 예약제 좌석등록 시스템에 의존해야 했던 서글펐던 기억이 떠올랐다. 중앙도서관 사물함 개수에 비해 이용자 수가 많아 추첨을 통해 선발했는데, 4년 내내 단 한 번도 뽑힌 적이 없었다. 분명 정당하게 돈을 내고 다닌 대학인데 말이다.

　쓸쓸한 마음으로 핀란드의 한 대학 건물 밖을 나와 걷다가 눈이 수북이 쌓인 쓰레기통과 의자를 발견하고 귀여움에 피식하고 웃음이 났다.

어디든 도서관 ❸ 도심 속 쇼핑센터 도서관

　오울루시의 도서관은 메인 도서관과 23개의 분관으로 구성되며 2개의 이동도서관이 있다. 오울루에 시내를 구경하다가 페쿠리 쇼핑센터 2층에 있는 페쿠리 도서관을 발견했다. 번화한 쇼핑센터 내에 아기자기한 인테리어를 보고 쇼룸_{체험 전시실}이거나 사설 도서관이지 않을까 생각했지만, 오울루시의 분관 도서관이었다. 쇼핑센터에 공립 도서관이라니!? 접근성이 좋아 많은 사람이 분주하게 이용 중이었다. 알고 보니 오울루 메인 도서관의 리뉴얼 공사로 인해 도심 지역의 여러 곳에 임시 이전을 하여 시민들이 불편을 없애고자 한 것이었다. 크지 않은 공간이었지만 메인 도서관과 마찬가지로 3D 프린터와 같은 최첨단 기기도 설치되어 있었다.

핀란드 독립 100주년을 기념하여 핀란드 정부가 국민에게 선사한 선물, Oodi Library. 핀란드어로 송시頌詩, 특정한 사람이나 사물을 기리는 서정시, 영어로 ode라는 뜻의 오오디 도서관은 문화생활을 즐기는 공간으로 '국가와 국민이 받은 100살 생일선물'로도 불린다. 헬싱키의 새로운 중앙 도서관인 오오디는 책을 읽고 싶거나 친구들을 만나고자 할 때 또는 첼로, 기타와 같은 악기를 빌리거나 여러 가지 공예 작업을 하러 갈 수 있는 장소이다. 흔히 핀란드 사람들은 야외 스포츠와 숲속 트래킹을 좋아한다고 알려졌지만, 도서관에 대한 사랑이 엄청나다는 것을 사람들은 알고 있을까?

오오디 도서관의 구조와 인테리어는 도서관의 새로운 역할에 대한 기대를 담았다. 3층은 도서 열람 공간과 10만 권의 책을 보유한 일반적인 도서관의 모습이다. 2층은 창조적인 작업 공간으로 스튜디오, 음악실, 미디어실, 3D 프린터, 재봉틀 및 기타 장비를 갖춘 메이커 스페이스가 있다. 1층은 소통을 위한 공간이다. 그곳에는 카페, 레스토랑, 영화관, 인포메이션 센터가 있다.

나는 한국에서 공수해 간 수제종이와 오오디도서관에서 제공받은 이면지를 활용하여 동양식 북 바인딩 수제 책 제본 팝업 클래스를 열고 핀란드 사람들을 만났다. 중년의 여성분이 어머니와 함께 참여하였는데 뜻밖에 새로운 경험을 했다며 특히나 수제종이에 관심을 보였다. 나와 비슷해 보이는 나이대의 청년 남성도 친구에게 선물을 주기 위해 도장으로 이니셜을 찍고 스티커도 붙이며 세상에 하나밖에 없는 노트를 완성했다. 나에게도 새로운 도전이자 잊을 수 없는 경험이었다. 오오디 도서관에서 클래스를 연 한국인이 있었을까?

PART 4

——

가치와 행복

" 핀란드 사람들은 안 사요 **"**

오래 쓰는 기쁨

핀란드 사람들과 생활하면서 자연스레 그들의 물건을 관찰할 기회를 얻게 되었다. 신발장도 공유하고 욕실이나 부엌, 거실 등 모든 공간을 함께 사용했기 때문에 실제로 어떤 물건들을 소유하고 있는지 볼 수 있게 된 것이다. 패션에 얼마나 관심이 있는지에 따라 사람마다 차이는 있겠지만 나의 호스트들은 신발, 가방, 옷의 가짓수가 그리 많아 보이지는 않았다. 신발장에는 부츠, 운동화, 구두가 있었는데 많아야 5~6켤레 정도가 전부였다. 가방도 늘 같은 것을 들고 다니는 눈치였고 그나마도 패션 가방이 아니라 에코백이나 백팩인 경우가 대부분이었다. 대기업에 다니는 젊은 여성, 성당에서 일하는 중년 여성, 대학에서 학생들을 가르치는 중년 여성, 전문 기술직주택에 전통 스토브와 굴뚝을 설비하고 설치하는 일으로 일하는 젊은 남성, 초등학교 체육 교사 남성 등 모두 간소한 차림에 거의 매일 같은 톤의 유사한 스타일의 패션으로 지냈다. 내가 머물도록 내어 준 방에 옷장이 있어 구경해 보니 상의, 하의, 외투 할 것 없이 몇 벌 되지 않았고 옷장이 텅텅 비어 어떤 옷이 어디에 있는지 금방 찾을 수 있었다. 핀란드 사람들은 곤도 마리에미니멀리즘 붐을 일으킨 일본의 정리컨설턴트이자 작가의 도움이 전혀 필요치 않아 보였다.

밖으로 나가 사람들의 옷차림을 살펴봐도 개성 있는 몇몇을 제외하고는 대부분 무난한 패션이었다. 과시적이라거나 시선을 끌기 위한 패션으로 보이는 경우는 거의 없었다. 한국에서 가장 디자인이 단순하고 무채색인 옷들을 챙겨갔는데도 내 옷이 화려하게 느껴질 정도였다. 눈에 띄지 않고 평범하다 해서 그들의 차림이 멋지지 않은 건 아니었다. 몸에 잘 맞는 좋은 소재의 옷을 세련되고 조화롭게 입고 있어 왠지 따라 하고 싶어졌다. 무심하게 쓴 비니 모자와 머플러, 투박하지만 눈길에서 기능과 멋을 다하는 부츠가 예뻐 보였다. 나는 어느덧 우리나라에서라면 결코 눈길도 주지 않았을 패션 아이템들을 탐내고 있었다. 사람들이 가장 자주 입는 옷은 스웨터였는데 직접 누군가가 손으로 떠준 스웨터라는 사연들이 많았다. 양말도, 장갑도, 모자도 직접 뜨개실로 만들어 착용하는 경우가 흔했다.

핀란드는 중고 문화가 매우 활성화되어 있다.『핀란드 사람들은 왜 중고 가게에 갈까?』라는 책에서 핀란드의 다양한 중고 가게 형태들을 보고서 직접 여러 차례 방문하기도 했다. Fida라는 중고 매장을 비롯해 다양한 중고 가게가 도시 곳곳에 많은 지점으로 운영 중이다. 자신에게는 쓸모를 다했지만 필요한 다른 사람들에게는 충분히 가치 있게 쓰일 수 있는 물건들을 중고 매장으로 가져다주면 진열과 판매를 대신 해준다. 소파, 테이블, 책상, 의자 등의 가구에서부터 옷, 패션 아이템은 물론이고, 컵, 접시, 장난감, 책 등 없는 것이 없다. 물건들은 사용감은 있지만 깨끗하게 세탁하고 관리해서 보기 좋게 진열돼 있다. 자신의 물건을 위탁하는 사람들도 많이 찾고 필요한 물건을 구매하러 오는 사람들도 많아 꽤 붐비는 편이다. 중고 물건을 원하는 기간 동안 위탁하고 그 기간이 지나 재방문하면 판매금을 정산해 준다고 한다. 이색적인 중고 가게도 많았는데 그 중 공간 한쪽은 인테리어가 감각적인 브런치 카페이고, 맞은 편은 중고 물품들이 잘 정돈되어 진열된 편집숍이었다. 젊은 여성과 남성들이 그곳에서 만나 카페도 이용하고, 편집숍에서 쇼핑도 하며 자신의 물건을 위탁하기도 했다. 스타일리시한 고객들이 많이 찾아왔다. 도심의 백화점보다 오히려 더 많은 사람이 중고 매장을 애용한다.

　　핀란드 사람들이 중고 문화에 익숙한 것은 자원 재사용에 대한 환경교육과 합리적 소비에 대한 경제교육이 큰 몫을 했으리라 생각한다. 중고 가게를 방문하는 것이 그 사람의 사회·경제적 위치를 판단하게 하는 지표가 아니라는 점, 다른 사람의 손길을 탄 물건을 구매하는 것이 부끄러운 것이 아니라는 점, 타인의 시선을 의식할 필요가 없다는 점 등을 다수가 동의하고 이해하고 있기 때문에 핀란드 사람들은 중고 가게를 편하게 이용하며 환경적, 시간적, 재정적인 이점을 모두 누리는 지혜로운 소비를 할 수 있는 것이다. 좋은 물건을 오래 쓰자는 가치관을 갖고 있고 물건을 만들 때도 품질 좋고 실용적이며 아름다운 물건을 만드는 것에 초점을 둔다는 것을 느낄 수 있었다. 실제로 핀란드 사람들은 독립할 때 오래된 빈티지 그릇을 부모님이나 조부모님께 받고 기뻐하며 또 자신이 오랫동안 사용할 그릇을 마음속에 품고 있다가 신중하게 구매하며 즐거워한다고 한다.

핀란드는 1997년부터 창업 교육을 시작했는데 유치원생이나 초등학생에게는 놀이 형태의 창업으로 흥미를 유발하고 있다. 크리스마스에 초등학교 행사에 방문했더니 학생들이 직접 구운 쿠키와 카드, 소품들을 스스로 판매하고 있었다. 핀란드에서는 금융이나 경제를 가르칠 때 현장학습을 통해 실습과 융합하는 교육을 지향한다고 한다. 개념만 배우기보다 직접 경험을 통해 돈을 관리하는 방법을 체화하게 하는 것이다. 초등학교 고학년부터 고등학교까지 체계적으로 금융교육을 진행하며 금융 이해력 수준을 높이고 책임있는 경제주체로 성장을 돕는다.

환경과 금융교육, 미니멀리즘과 실용주의 문화가 주류이기에 리퍼브_{전시 또는 반품 상품} 휴대전화를 쓰고 대부분의 옷을 중고 상점에서 구입하더라도 전혀 문제가 없는 것이다. 핀란드가 경제적으로 부강한 것은 다른 경제 동력이나 자원보다도 불필요한 곳에 지나치게 소비하는 것을 부끄럽게 여기는 태도 기인한 것이라 해도 과언이 아닐 것이다.

" 소비를 조장하는 현상들을
도처에서 만난다 **"**

소비의 희열

'난 하나만 필요한데 왜 두 개를 주는 거야?'

최근 급히 필요한 물건을 사러 갔다가 1＋1이라며 물건을 두 개 가져왔다. 사실 원래 믿고 쓰고 있는 제품이 있었는데 당장 그 물건이 필요하게 되어 원하지 않는 회사의 제품을 사게 된 터라 1＋1이 전혀 반갑지 않았다(이해를 돕기 위해 품목을 말하자면 여성 위생용품이었다). 뭔가 강매를 당한 느낌이랄까. 회사가 제품을 1＋1으로 판매할 때 손해가 있다면 이런 마케팅 방법을 사용하지는 않을 것이다. '혹시 제품 가격을 올리고 1＋1으로 마케팅해 재고를 빨리 소진하려는 전략일까'하는 생각도 잠시 들었다. 어떤 의도로 1＋1을 하는지는 모르겠지만, 어쨌든 나는 굳이 필요하지 않은 물건을 떠안게 되어 달갑지 않았고 버릴 수는 없어 어쩔 수 없는 마음으로 물건을 썼다. 요즘은 1＋1도 있지만 2＋1도 있다. 2＋1에는 좀 다른 마음이 드는데 예를 들어 초콜릿이나 아이스크림을 살 때, 하나를 사면 그냥 하나인데 하나 더 사면 세 개를 준다니까 왠지 솔깃해지는 것이다. 작고 저렴한 물건 앞에서는 살짝 마음이 흔들린다. 어쨌든 하나를 사러 갔다가 2개 혹은 3개를 가져가라는 유혹에 엉겁결에 넘어가거나 갈등의 시간을 허비한다.

　　과연 나는 합리적인 소비를 하는 걸까? 저품질에 환경에도 유해한 소재로 된 물건을 싸게 많이 자주 사는 것은 환경, 시간, 재정 면에서 낭비이자 어리석은 소비인 것 같다. 그럼에도 그런 소비를 조장하는 현상들을 도처에서 만난다. 1,000원 샵, 일부 온라인 쇼핑몰이나 홈쇼핑, 패스트 패션이 대표적인 예다. 그렇다고 값비싼 물건들이 품질이나 성분이 좋고 친환경적인가 하면 꼭 그렇지도 않은 것 같다. 값이 비싼 것이 상품의 이미지가 되어 그 물건의 소유가 곧 경제적 부의 상징이 되고 그런 이유에서 그 물건은 소비된다. 소비를 통해 자신의 가치를 설명하고 그 과정에서 희열을 느끼는 경우도 있다.

　　물건을 살 때도 꼼꼼히 생각하다 보면 고민이 깊어진다. 사실 어떤 태도와 가치관을 갖고 선택해야 할지 기준을 배우지 못한 것 같다. 환경에 유해하지 않고 내구성과 실용성이 있어 오래 쓸 수 있고 심미적으로도 만족스러우며 가격도 합리적이면 좋으련만 그렇게 따지고 있자니 피곤함이 몰려오기 때문이다. 때로는 그런 기준 다 내려놓고 내 눈에 보기 좋고 기분이 좋아지는, 결국엔 일명 '예쁜 쓰레기'가 될 것을 사고 싶은 욕망을 따라 행동하고 싶기도 하다. 같은 용도라면 더 싸고 많이 주는 물건을 사고 싶어질 때도 있다. 싼 맛에 30롤 화장지를 사고 후회한 적이 있다. 너무 성기게 감아놓아서 3일이면 욕실 휴지가 다 사라지고 또 너무나 얇디얇아 둘둘 많이 휘감아 써야 하며 먼지는 또 왜 그렇게 많이 날리는지... 그 휴지를 다 쓰고 나서는 형광물질이 없고, 대나무로 만들었다는 친환경 휴지를 두 배의 가격을 지불해 샀다. 역시 꼭 반대의 품질을 보여주었다. 촘촘하게 감겨있고 적당히 두툼하고 먼지가 없고 볼 때마다 뿌듯했다.

착하고 똑똑한 소비자가 되고 싶다. 호구 소비자가 아니라! 품질 좋고 환경과 건강을 위해하지 않으면서 오랫동안 충성도 있게 사용할 수 있는 아름다운 물건을 원한다. 새것, 값비싼 것을 사지 않아도 당당하고 즐거운 소비자가 되고 싶다. 오래 쓰는 것이 자랑이 되고 존경받는 문화를 원한다.

지속 가능한 소비

NO. 1 COUNTRY FOR SUSTAINABLE SHOPPERS 2021

지속 가능한 쇼핑 평가 지표

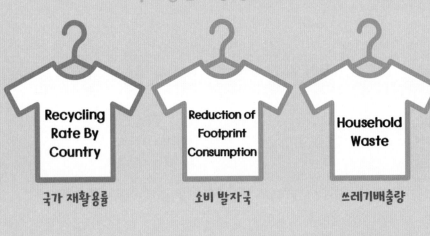

Recycling Rate By Country

국가 재활용률

Reduction of Footprint Consumption

소비 발자국

Household Waste

쓰레기배출량

Textile Waste

의류 폐기물량

No. of Flea Markets & Antique Shop

벼룩시장/거리시장 및 중고 골동품 상점

Sustainable Report Score

지속 가능한 개발 보고서(SDR) 순위

1인당 명품 소비 비용

PER CAPITA SPENDING ON LUXURY GOODS IN 2022

한국

325달러
(약 40만4000)

미국

280달러
(약 34만8000)

중국

55달러
(약 6만8000)

"여유있게 휘바hyvä!"

저자극 고순도의 고요한 행복

　　핀란드가 언젠가부터 '세계에서 가장 행복한 나라'로 알려지면서 실제로 핀란드 사람들은 이 사실에 얼마나 동의하는지 궁금해졌다. 그래서 만나는 사람들에게 다짜고짜 물었다.

　　"행복하세요?"

　　한국에서는 엉뚱하다고 생각할 수 있는 질문이지만 그들은 그 질문을 자연스레 받아들였고 대답은 예외 없이 긍정적이었다. 행복을 어떻게 정의하느냐에 따라 다르겠지만 행복을 자기 삶에 대한 만족감, 평온함이라고 한다면 충분히 행복하다는 것이 핀란드 사람들의 대답이었다. 핀란드 사람들이 생각하는 행복은 '평온, 예측 가능한 삶, 만족감'으로 수렴했다. 이 세 가지 모두에서 평균 이상의 상태를 느낀다는 것이다. 평온함과 만족감은 개인의 몫이라지만, 삶이란 본디 예측할 수 없는 것인데 핀란드 사람들은 그런 삶의 본질적 특성을 넘어 어떻게 안정감을 느낄까? 삶의 불확실함도 '나라와 이웃이 주는 신뢰'가 있다면 어느 정도 예측 가능성을 높일 수 있다는 것이다. 고요한 호수와 숲에서 평화를 얻고 국가와 타인에 대한 상호 신뢰를 통해 삶을 불확실성을 줄이고, 그 속에서 만족감을 느끼며 살아가기에 대다수가 '행복'할 수 있는 것이다.

'느긋한 문화'도 핀란드 사람의 행복에 한몫한다. 핀란드 사람들에게는 무언가를 천천히 한다는 것이 뒤처진다는 부정적인 뉘앙스가 아닌, 조금 더 여유를 가지고 주변을 챙기며 적당한 긴장만 가지고 사는 것을 의미한다. '빨리빨리 문화'의 대표주자인 한국인인 나로서는 슬로우 라이프를 추구하는 그들의 일상이 신기할 따름이었다. 우리는 1분 1초가 실력이고 경쟁력이기 때문에 핀란드처럼 느긋하게 살면 불편해서 사람이 살 수 없다고 느낀다. 모두가 빠름을 기대하기에 '여유' 있게 휘바hyva를 외칠 수 없는 것이다.

매년 UN에서는 세계 행복의 날매년 3월 20일에 각 국가의 행복지수 조사 결과를 담은 세계행복보고서World Happiness Report를 발표한다. 핀란드는 늘 상위권이다. 2023년 최근 발표에서도 1위로 보고되었고 149개국 중 한국은 57위였다. 행복 보고서 결과에 따른다면 핀란드는 '행복한 사람들'이 사는 국가다. 개인의 행복에 대한 조사 항목은 다음 6가지다.

1인당 국민소득GDP per capita
사회적 지지social support
신체적·정신적 건강을 유지할 수 있는 최대연령healthy life expectancy
삶을 선택할 자유freedom to make life choice
포용성generosity
정부나 기업의 부패 수준 지각perception of corruption

　　핀란드 사람들은 상대적으로 소득이 충분하다고 느꼈고(1인당 국민총소득 50,080달러, 한국 32,930달러, 2020년 통계) 객관적 지표에 해당하는 신체적·정신적 질병으로 고통받지 않으면서 살 수 있는 최대 연령도 높았다. 객관적 사실 외에도 핀란드 사람들은 위기나 곤경에 처했을 때 언제든지 도와줄 가족, 친척, 친구가 있고 내 자신의 삶을 스스로 선택할 자유가 보장된 사회에 살고 있다고 주관적으로 생각했다. 자선을 목적으로 기부한 적이 있냐는 질문에 대한 긍정적 응답도 높았다. 정부나 기업이 청렴하고 신뢰할 만하다고 인식하는 비율도 높아 부패 수준 정도도 낮게 지각했다. 이런 지표들과 더불어 지난 1년을 돌아볼 때 자신의 삶에 얼마나 만족하는지를 묻는 말에도 만족도가 높았다.

　　행복 보고서에서 상위권을 다투는 북유럽 국가는 6가지 지표에서 고루 좋은 점수를 받았다. 각각의 점수가 단순히 높은 것도 이유지만, 여러 지표가 유기적 관계로 서로를 강화하는 환경을 갖추었다. 그들이 특별하게 행복한 원인으로 꼽은 것은 복지국가의 관대함, 수준 높은 제도, 균등한 소득과 분배에 대한 용인, 삶의 자율성, 타인에 대한 신뢰와 사회적 응집력이었다.

　　사실 어떻게 하면 행복해질 수 있는지 우리는 근본적인 방법을 안다. TV나 SNS를 통해 많이 봤고 한 번쯤은 강연도 들은 적이 있을 것이고 수많은 책에도 친절히 설명되어 있다. 자유롭고 관대하며 다양성을 인정하는 방식을 받아들이고 실천하고 있는 사회는 개개인 모두가 노력하여 얻은 결과일 것이다. 곰곰이 생각해 보면 우리가 다 아는 내용이다.

행복의 이유와 방법은 한 가지로 결정되지 않는다. 특별히 즐겁거나 좋은 일들이 일어나지 않아도 서로 간의 신뢰와 느긋한 여유가 만나 행복한 사회를 이루는 것이다.

**❝내가 가진 것에 감사하지 않고
자꾸만 욕심을 부린다❞**

고소득 고품격의 화려한 행복

　　'한국인의 행복'이라고 포털사이트에서 검색하면 한국인의 행복 수준에 대한 데이터와 해석이 나온다. 행복을 이루는 여러 가지 요건이 있겠지만 개인적으로는 삶의 만족도에 따라 행복을 느끼는 정도가 크게 좌우된다고 생각한다. 통계청이 최근 발표한 '2022 국민 삶의 질 보고서'에서 지난 3년간(2019~2021) 집계한 한국인이 느끼는 삶의 만족도는 OECD 38개국 가운데 36위로 거의 꼴찌 수준이다. 한국인이 생각하는 행복의 조건에 가장 큰 영향을 미치는 것은 '고정적인 수입'이었다. 행복과 불행 모두에 수입이 중요하다고 했다. 이것은 저소득층일수록 삶의 만족도가 낮은 경향을 나타낸다는 것과 일맥상통한다. 비물질적 측면에서는 건강이 우선 조건이라고 했다. 이 결과들에 굉장히 공감한다. '나는 행복한가? 얼마나 행복하게 살아왔는가?'를 떠올려 본다. 한국인의 평균을 낸 통계처럼 나도 그다지 행복한 삶을 살아온 것 같지 않다. 불행하다 못해 세상과 이별하고 싶을 때도 꽤 많았다. 세계에서 부동의 1위라는 자살률이 아직도 여전히 유지되고 있다는 기사를 보면 놀랍지도 않을 지경이다. 매우 안타깝지만 스스로 목숨을 끊는 사람들이 이해가 되는 건 왜일까.

삶의 질 조사에 직접 응한 건 아닐지라도 통계 결과들을 보면서 나의 의견은 어떠한지 스스로 물었다. 삶에 만족하는 태도가 중요한 것은 알지만 삶이 만족스러워지려면 돈이 수반되어야 한다는 점엔 고민의 여지없이 동의하게 된다. 한국은 '살기 좋은 나라'이다. 단, 물질적인 풍요와 안정이 뒷받침되어야 한다. 돈만 있으면 건강도 챙길 수 있고 편리·소비주의 사회에서 얼마나 편하고 윤택하게 삶을 살 수 있는 나라인가. 뉴스에 나오는 부정부패 소식과 주변의 싸움들도 결국엔 대다수가 '돈' 때문인 것을 지겹게 보았다. 신기하게도 소득 수준이나 재산 보유 정도가 높은 사람들도 본인의 삶에 쉽게 만족하지 못하는 경우를 자주 봤다. 돈은 행복에 있어 필요조건이지만 충분조건은 아닌가 보다. 세상이 놀라워하는 경제 성장을 이룬 대한민국에서 무엇이 우리를 만족하지 못하게 만들까?

삶의 만족도를 낮추는 또 다른 이유는 남과의 비교와 과도한 욕심 때문이다. 내가 가진 것에 감사하지 않고 자꾸만 욕심을 부린다. 언제나 풍족할 수만은 없는데 과시하기를 좋아하는 성향을 가지면 비록 내 상황이 좋지 못하더라도 솔직해질 수가 없다. 비교는 여기서 나온다. 다들 번지르르한 겉모습에만 치중하니 남과의 비교를 통해 상대적 박탈감을 키우고 나 자신이 초라하게 느껴진다. 다들 잘 되는데 나만 뒤처지는 느낌을 떨칠 수가 없다. 초등학생 때부터 사교육 세계에 내몰려 스스로 원해서 하는 학습보다는 경쟁에서 살아남도록 강요받는다. 경쟁과 비교의 떼려야 뗄 수 없는 관계 속에서 우리는 몸은 지치고 영혼은 메말라간다. 나조차도 그렇게 산 세월이 길고 과시할 만큼 부유한 적은 없지만 그게 행복

의 기준이라고 믿고 살았다. 사는 건 다 똑같다는 어른들의 말씀에
전 세계 모두가 그렇게 사는 줄로만 알았다.

핀란드에 다녀오고부터 새로운 자극이 들어오기 시작했다.
국토의 75%가 숲이고 세계에서 가장 많은 18만 8,000여 개의 호수
를 가진 핀란드 사람들은 넓디넓은 자연을 훼손하여 골프장과 리
조트를 짓기보다는 자연과 어우러져 살고 있었다. 단지 눈으로 초
록을 보는 것만으로도 안정감을 느낄 수 있었다. 이 안정감은 사
람들을 통해 더욱 확장되었다. 수수하고 욕심 없는 사람들의 모습,
남과 비교하지 않고 자기 삶에 집중하는 태도로 그들은 불행하지
않을 대비를 하고 있었다. 우리는 알고 있다. 어떻게 하면 최소 불
행하지는 않을 수 있는지를. 삶에서 무엇이 진정으로 중요한지 생
각해 볼 일이다.

노르딕 국가의 꾸준한 행복의 이유

THE NORDIC EXCEPTIONALISM
: WHAT EXPLAINS WHY THE NORDIC COUNTRIES ARE CONSTANTLY AMONG THE HAPPIEST IN THE WORLD

복지 국가의 관대함
Welfare state generosity

수준 높은 제도
Instituitional quality

타인에 대한 신뢰와 사회적 응집력
Trust in other people and social cohension

분배에 대한 용인
Acceptance of income inequality

삶의 자율성
Freedom to make like choices

Finland

Denmark

Norway

Iceland

Sweden

행복의 조건

충분한
소득과 자산

29.8%

행복에 있어
가장 중요한 항목은?
2030 MZ세대 응답

결혼, 출산 등
가족생활

13.9%

정신과 육체의
건강

22.9%

나만의 취미,
여가활동

12.7%

안정된
노후생활

9.3%

모름/무응답
0.7%

직업을 통한
자아성취

7.2%

사회적 지위
명예

2.9%

기타
0.5%

**❝모두 소중한 존재이고 사람마다 우열을
가릴 수 없다는 것을 중요하게 가르쳐❞**

숨겨진 행복의 비밀

　　핀란드에 머무는 내내 여기저기서 약자나 소수자를 목격했다. 여기서 말하는 소수자는 단지 성소수자나 장애인에게 국한하는 것이 아니라 대다수가 가지는 특징의 보편적 경우와 조금 다른 사람을 일컫는다.

　　12월의 마지막 날 밤, 새해맞이 카운드 다운을 위한 기념식과 공연이 있다는 소식을 듣고 헬싱키 중앙역 근처에 있는 야외 공연장을 찾았다. 굉장한 인파라고 했지만 한국에서 경험했던 행사장에 비하면 구석구석 빈틈이 있어 어려움 없이 이동이 가능한 정도의 밀집도였다. 다양한 인상착의를 한 유럽 각국의 사람들이 모인 듯했다. 나는 몇 안 되는 동양인 중 한 사람이었다. 나도 거기에선 소수자인 셈이었지만 특별하거나 신기하게 바라보는 시선은 느끼지 못했다. 공연 진행자의 소개에 따라 중년의 남성 한 분이 편안한 점퍼 복장으로 무대에 올라왔다. 관중들은 환호성을 질렀고 그 남성은 이내 짧막한 인사말을 했다. 무대를 비추던 카메라는 곧 관중석으로 향했는데 첫 인터뷰를 한 여성 커플이 인터뷰 후 키스를 하는 모습이 중계되는 것을 보고 속으로 적잖이 충격을 받았다. 어린아이, 노인 할 것 없이 주변의 그 누구도 놀라워하는 기색이 없이 자연스럽게 받아들이는 것 또한 놀라웠다. 핀란드 국영 방송 YLE는 이 현장을 전국으로 중계하고 있었다. 인사말을 하던 중년 남성은 여전히 무대를 지키고 있었고 그도 함께 호응하며 축제 분위기가 달아올랐다. 문득 남성의 정체가 궁금해진 나는 그가 누구인지 찾아보게 되었다. 등장부터 무대를 떠날 때까지 젊은이들의 환호와 관심을 한 몸에 받았던 그는 무려 헬싱키 시장이었다. 정치인에 대한 시민들의 호의적 반응이 낯설어 한 번 더 흠칫 놀랐다.

　　지금까지도 잊히지 않는 핀란드 친구와의 대화가 있다.
　　"네가 생각하기에 핀란드 사람들이 중요하게 여기는 가치는 무엇이라고 생각해?"
　　"Equality평등! 핀란드에서는 사람들을 과도한 경쟁으로 몰아넣지 않아. 모두 소중한 존재이고 사람마다 우열을 가릴 수 없다는 것을 중요하게 가르쳐. 실제로 일상생활이나 학교에서도 그 점을 크게 강조해."
　　아주 기본적인 생활과 교육에서부터 인간의 존엄성과 그에 따른 가치를 우선으로 생각하는 것이었다. 핀란드의 교육과 사회에서 강조하는 가치는 '평등'과 '자립'이다. 교과서에서 나오는 이상적인 가치라고 생각할 수 있지만 그 가치가 공기처럼 녹아 있는 곳이 핀란드다. 핀란드는 태어나는 순간부터 모두가 소중하지만 평등한 대우를 받는다. 엄마가 된 핀란드의 모든 여성은 국가로부터 베이비 박스를 받게 된다. 1930년대부터 시작된 이 제도는 산전 돌봄의 의미로 시행되었다. 아기 침대로도 활용할 수 있는 큰 박스 안에는 아이가 태어났을 때 필요한 유아용품이 맵시 있게 구성되어 있다. 핀란드에 태어난 아기들은 같은 고품질의 물건들을 가정의 경제적 수준과 무관하게 선물 받고 평등한 축복을 받으며 삶을 시작하는 것이다.

핀란드의 모든 국민은 질 좋은 무상 공교육(유아 데이케어부터 대학원 박사과정까지)과 무료 급식을 당연하게 누린다. 학교에서는 학용품도 제공하니 누가 더 나은 학용품을 쓰는지 신경 쓸 필요도 없다. 양육과 교육 지원이 모두에게 공평한 수준으로 보장되니 서로 간의 비교나 경쟁의 개념도 없다. 자신이 원하는 것이 무엇이고 어떤 진로가 적합할지 탐색하는 데 집중하면 그만이다.

핀란드에서는 유아차를 끌고 다니는 모습을 쉽게 볼 수 있었고 거리엔 아이들과 반려동물들도 많았다. 유아차를 끄는 부모님, 노인, 어린이, 장애인, 반려동물과 함께하는 사람들은 핀란드 정부가 마련해 놓은 공공시설을 불편함 없이 이용하고 있었다. 대중교통에서도 거동이 불편한 노인이나 유아차와 함께 탑승한 사람이 각자의 자리에 안착할 때까지 기다려 주고 천천히 내렸다. 누구도 재촉하지 않았다. 유아차 자리처럼 큰 짐을 가지고 타는 사람들을 위한 자리도 있었다. 짐만 따로 짐칸에 두는 구조가 아니라 짐을 소유자의 앞에 둘 수 있도록 넓은 구역의 자리가 마련되어 있었다. 처음 이용하는 사람이 당황하지 않도록 안내하는 설명이나 그림이 누구나 볼 수 있도록 커다랗게 붙여져 있었다.

복지국가이니만큼 누구에게나 무료로 열려있는 공공시설도 많았지만, 입장료를 내고 들어가는 곳에서는 '우크라이나인은 무료입니다'라는 문구도 자주 마주쳤다. 러시아와의 전쟁으로 핀란드로 오게 된 우크라이나 사람들을 배려하는 의미에서다. 어려운 상황에 홀로 소외감을 느끼고 절망하지 않도록 사소하지만 훈훈한 관심이 곳곳에 숨어있다.

전 세계 최연소 여성 총리로 알려진 '산나 마린Sanna Marin'은 30대의 나이로 핀란드 46대 총리직(2019~2023)을 수행했다. 핀란드의 행정 권력은 총리에게 있어, 국정 운영에서 총리의 역할이 가장 중요하다. 전 세계는 핀란드의 젊은 여성 총리 선출에 놀랐지만 정작 핀란드 사람들은 그다지 놀랍게 받아들이지 않았다고 한다. 모든 사람을 평등하게 생각하는 것만큼 성평등에 대한 인식 수준도 높기 때문이다. 더 놀라운 사실은 산나 마린 총리가 여성 부부인 부모님에게서 자랐다는 점이다. 핀란드는 개인의 삶의 방식에서 선택의 자유와 존중이 있기 때문에 다양한 가족의 형태에도 수용적이다. 나라의 총리를 선출하는 일에서 그의 성별이나 나이, 배경에 대한 편견이 없다는 사실을 통해 그들이 얼마나 모든 다름을 자연스레 인정하는지 짐작할 수 있었다.

우리는 누구나 소수자가 될 수 있으며 지금도 적어도 한 요소에서는 소수성을 가지고 있다. 핀란드에서는 이 점을 중요하게 가르치고 약자와 소수자에 대한 관용을 베풀며 모두를 존중하고 있었다.

"일상의 작은 영역에도 차별은 숨 쉰다"

진정한 행복의 열쇠

　　따스한 햇살이 내리쬐던 평일 어느 날 오후, 사무실에서 나와 복도를 지나가는데 정장 차림의 청년들이 노트를 하나씩 손에 들고 무언가를 끊임없이 되뇌고 있었다. 주변에 물으니 채용 면접을 보러 온 응시자들이라고 했다. 그러고 보니 새로 생기는 부서에 직원이 필요하다는 이야기를 들은 적이 있었다. 면접이 끝나고 동료들끼리 하는 이야기를 들었는데, 사연인즉 아주 형식적인 면접 과정일 뿐이었다는 것이었다. 다시 말해 내정자가 정해져 있는 자리라는 것. 지원서나 자기소개서에 적힌 이력은 상관없이 그저 누구누구의 딸, 누구누구의 지시로 OOO 씨를 뽑아야 한다는 것이다. 며칠 후, 설마했지만 합격자 명단엔 지시받은 대로 그 이름이 적혀 있었다. 우리 회사 전 직원이 다 알고 있을 정도로 널리 알려진 일이었지만 합격자는 누구보다 당당하게 회사 생활을 시작했다. 심지어 그 사람이 회사 사무실 상황을 자신의 채용에 힘써준 그이에게 일일이 일러바칠 수 있으니 조심하라는 조언, 아니 경고도 들었기에 아무렇지 않게 그와 '잘' 지내야만 했다.

　　익숙한 일례일지 모르겠지만 수년이 지난 지금까지도 정장 차림의 응시자들이 면접을 기다리며 합격 기도하던 모습이 뇌리에 선명하게 남아있다. 과몰입이었을 수도 있지만 취업 준비와 면접 경험이 있는 나로서는 공감할 수밖에 없었고 심지어 참담한 기분까지 들었다.

출발선이 다른 출발은 아직도 뉴스를 통해 쉽게 접할 수 있다. 당사자의 합당한 노력 없이 부모의 부나 지위를 통해 진학하거나 채용되는 일은 여전히 암암리에 이루어지고 있다. 성인이 되어 직장에 취업한 후 신규직원 인사 발령 부서에도 부모가 관여하여 원하는 지역이나 부서로 발령을 받는 경우도 있었다. 이 예외적 특혜는 어떤 설명도 없이 자연스럽게 이루어졌고 실제로 같이 일하게 될 동료의 의견 따위는 안중에 없었다. 상사들은 자신의 자리 보전을 위해 여러 잡음을 막아야 한다는 일념으로 불합리한 상황을 지적하는 목소리를 못 들은 척하기 일쑤였다.

놀라운 경제 성장과 민주화를 이룬 경제 대국이지만 현재 한국은 소득 상위 1%가 국민 전체 소득의 약 15%를 차지하고, 소득 상위 10%는 무려 전체 소득의 약 50%를 차지하는 기이한 현상이 유지되고 있다. 상위 10%의 소득이 하위 50% 소득의 14배에 달해 세계에서 소득 불평등이 가장 심각한 나라 중의 하나다. 세계 최저 출생률, 최고 자살률, 선진국 중 산업재해 사고 사망률이 가장 높은 나라이기도 하다. 계층화와 불평등, 불합리에서 이어지는 차별과 소외, 혐오가 갖가지 불행한 지표를 만든다.

일상의 작은 영역에도 차별은 숨 쉰다. 단순히 음식 선호나 취향을 밝히는 일에서도 불편을 겪을 수 있다. 동물권에 대한 인식이나 육식이 기후 위기에 미치는 영향을 우려하는 사람들의 채식 선택이 늘고 있다. 환경을 위한 시도로 포장 없는 물건 구매를 테마로 한 무포장 장터 이벤트에서 스텝으로 참여하며 채식주의자 분들과 이야기할 기회가 있었다. 손님으로 오신 분이 채식 식단을 한지 오래되었다기에 물었다.

　　"어떻게 채식을 시작하게 되셨어요? 불편한 점은 없으세요?"

　　"아시다시피 아직 채식하는 비건Vegan에 대한 인프라가 아주 부족해요. 과거에 비하면 요즘은 기업에서 비건 식품이나 제품을 꽤 만들어 내고 있어요. 일상에서 일부러 비건샵을 찾아가지 않고 오프라인에서 구매하는 건 힘들지만 점점 나아지고 있다고는 느껴요. 그보다 가장 저를 힘들게 하는 건 주변 사람들, 특히 직장에서의 시선이에요. 유별나고 이해할 수 없다는 반응이에요. 혹시라도 제가 아프거나 몸이 좀 안 좋은 날에는 고기를 먹지 않아서 그런 거라며 단정적으로 말해요. 그 점이 참 불편해요. 제가 마치 이상한 사람이 된 것 같거든요."

　　핀란드 대학교 학생 식당에 갔을 때의 일이 떠오른다. 식당 입구는 세 가지 메뉴로 나뉘어 줄이 이어져 있었다. 메뉴의 차이를 잘 인지하지 못하고 가장 근처에 줄을 섰다. 접시에 음식을 하나둘 담다 보니 육류가 하나도 없다는 사실을 알아챘다. 왠지 허기가 질 것 같아 고기를 찾아 여기저기 고개를 돌렸다. 알고 보니 그 줄은 '비건' 메뉴 줄이었다. 아뿔싸! 이미 음식은 다 담았고 돌이킬 수 없었다. 문득 핀란드에 오면 비건식에 도전해 보자 했던 잊힌 다짐이 떠올랐다. 덕분에 그날 식사는 비건식을 실행에 옮긴 날이 되었다.

　　채식은 다양한 유형이 있지만 비건은 가장 엄격한 채식주의를 의미한다. 육류는 물론 생선, 우유, 달걀, 꿀 등 동물에게서 얻은 식품은 일절 섭취하지 않는다. 그렇다 보니 비건에 친절하지 않은 한국에서 비건으로 살아가기가 녹록지 않은 것이다. 음식이든 물건이든 섭취하고 사용하는 모든 것의 성분을 따져야 하니 까탈스럽다는 주변의 반응도 당연하다. 핀란드처럼 아직은 소수가 실천하는 식단인 비건식을 배려하는 문화가 일상적이지 않고, 비건 상품들을 손쉽게 상점에서 구할 수 있는 상황도 아니니 한국에서 비건들은 불편과 눈총을 감내하며 지내야 한다.

채식하는 경우가 아니더라도 알레르기가 있거나, 종교적인 이유로 특정 음식은 먹지 않는 상황도 있다. 음식만이 아니라 자신의 신념이나 신체적인 조건에 따라 때로는 보편적이지 않은 선택을 해야 할 수도 있다. 누구든 성별, 직업, 종교, 가정 환경이나 가치관, 취향 등 나를 둘러싼 크고 작은 부분에서 소수성을 지닐 수 있다. 지금은 그렇지 않더라도 변화 가능성도 있다.

불평등 금지에 반대한다는 즉, 평등을 반대한다는 의견이 아무래도 의아한 난센스로 들리는 건 나뿐일까. '소수도 용인해야 한다'가 아니라 '다양성을 인정하고 존중해야 한다'라는 인식 전환만이 개인과 사회의 건강을 돕는다.

세계 성 평등 지수

GLOBAL GENDER GAP INDEX(GGI) 2022

GLOBAL TOP 8

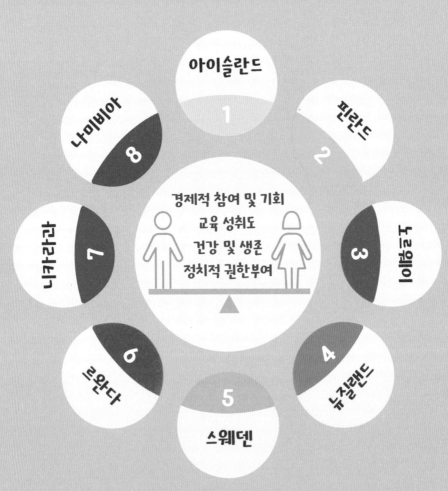

문화 전쟁 강도

CULTURE WARS, 2021

우리 사회에 **갈등**(이념, 빈부, 성별, 학력, 지지정당, 나이, 종교, 도시와 농촌, 계급, 이주민, 인종)이 **'매우 심각하다'고 응답**한 항목과 비율

이념
87%

빈부
91%

성별
80%

학력
70%

지지정당
91%

나이
80%

종교
78%

도시와 농촌
58%

계급
87%

이주민
66%

인종
67%

"사람은 계속해서 경험하고 사고하기
때문에 언제든 새로운 도전을 할 수
있다고 여긴다"

힘 있는 자유인

"이번 주 주말에 우리 가족들 외출할 건데 같이 갈래요?"

핀란드 집으로 온 첫날, 핀란드 호스트가 물었다. 곧바로 이 말도 덧붙였다.

"아, 그런데 혹시 집에서 쉬고 싶으면 편하게 거절해도 돼요. 내키지 않는데 Yes라고 하는 건 핀란드 문화가 아니거든요. 앞으로 제가 하는 모든 제안도 그렇게 생각해 주세요!"

UN 세계 행복 보고서에 따르면, '선택의 자유'는 핀란드와 한국의 행복 수준에서 가장 큰 차이를 만드는 요인이었다. 핀란드 아동의 권리에 관한 법에는 '독립적인 인격체: 아동은 독립적인 생각을 하도록 장려된다'라는 조항이 있다. 핀란드에서는 아동기 때부터 자율성과 책임감을 강조하는 교육을 한다. 교사의 전문성과 자율성을 존중받는 속에서도 학생들은 자신의 의견을 자유롭게 표현할 수 있고, 교사와의 관계 역시 수평적이다. 억압하지 않는 환경 속에서 다양성이 표출되며 창의력이 높아지고 성인이 되어 서로의 다름을 인정하는 공동체의 구성원이 된다. 사회에서도 어떤 기준을 두고 틀렸다고 하지 않고 다르다고 표현하며 개개인을 하나의 인격체로 포용한다.

핀란드 국가교육위원회 조사(2021)에 따르면, 중학교를 마친 후 고등학교로 바로 진학하지 않고 직업교육을 위한 훈련을 받는 학생이 늘어났다. 의무적인 절차보다는 유예기간을 가지면서 진학 방향을 고민하여 자율적으로 결정하는 것이다. 또한 고등학교를 지원한 학생 중 53%는 직업계에, 47%는 인문계고에 지원하였는데 예전에 비해 직업계고 진학자가 증가했다. 핀란드에서 대학 과정은 의무적인 것이 아니며 특별한 이유와 계획을 갖고 진학한다. 핀란드의 대학 진학률은 40%가량이다. 인문계고를 간 학생 중에 연이어 대학에 진학하는 경우보다 1~2년 정도 인턴 과정을 거치며 사회 경험을 쌓는 비율이 훨씬 높다. 선택의 기로에 있어 매사에 자율성이 부여된다. 어떠한 눈치도 보지 않고 오로지 자신만 생각하며 결정하고 주변에서도 선택을 강요하는 분위기가 형성되지 않는다. 이렇게 자라서 직장에 취업하거나 본인이 하고 싶은 일을 기획하며 실행해 보는 스타트 업에 도전하기도 한다. 그렇다고 둘 중 하나의 길만 있는 건 아니다. 직장생활을 하다가 자신이 꾸려나가는 회사의 CEO가 되기도 하고, 그 반대의 선택을 하기도 한다.

일을 하면서 자신이 진정으로 원하는 길이 아님을 깨닫는 순간이 오면 현실과 타협하며 억지로 출근하는 대신 방향을 바꿔본다. 그들의 현실에는 든든한 핀란드의 복지 제도가 있으니 새로운 진로를 위해 다시 학교에 진학하더라도 비용이 들지 않는다. 자신만의 일을 해보는 도전의 순간에도 국가에서 최소한의 비용을 지원해 준다. 물론 악용하거나 오랫동안 의존하려는 생각은 금물이다. 몇십 년을 한 직장에서 근무하다가 이직하는 경우도 많고 갑

자기 해보고 싶은 공부가 생겨서 중장년의 나이가 되어서 대학이
나 대학원에 가는 예도 흔하다. 대학에 입학해서도 전공을 바꾸는
경우도 많다. 가던 길을 가다가 잠시 멈추거나 다른 길로 방향을 바
꾸는 데 있어서 위험부담이 적고 주위에도 그런 사람이 많으니 전
혀 이상해할 것이 없다. 사람은 계속해서 경험하고 사고하기 때문
에 언제든 새로운 도전을 할 수 있다고 여긴다. 어려워 보이고 확
신이 없더라도 해보고 싶은 것을 시도해보고 그때 다시 결정하면
된다. 진학과 직업에 대한 선택도 차별하지 않고 다름을 인정하는
문화 중의 하나인 것이다. 그저 내가 원하는 길을 찾아갈 뿐이다.

"직장은 그냥 돈 벌려고 다니는 거지
의미를 두고 그래? 다들 참고 다니는 거야"

용감한 경로 이탈자

　　안정적인 직장에서 퇴사를 생각해 볼 거라곤 꿈에도 상상 못 했던 일이다. 평생을 함께할 것으로 생각했던 일이 하기가 싫어지고 출근이 괴로워졌다. 이런 말을 하면 "어떻게 그럴 수가 있어?" 보다는 "직장은 그냥 돈 벌려고 다니는 거지. 의미를 두고 그래? 다들 참고 다니는 거야"라고 대다수가 말한다.

　　"그래서 뭐 할 건데? 먹고 살 방도는 있고?"로 시작된 물음은 왠지 모르게 살벌한 세상에서 살아남기 위한 면접을 보는 기분이다. 어렵게 들어간 회사, 특히 이름만 들어도 아는 기업체나 국가기관을 제 발로 나오는 건 가족, 친구, 동료 할 거 없이 절대 이해받을 수 없는 행동이다. 인지도가 높고 좋은 회사(라고 으레 말하는 회사)를 다니는 것은 곧 성공한 사람, 훌륭한 사람으로 분류된다. 한때 나도 사회의 일원으로서 같은 생각을 했다.

　　어두운 독서실에서 잠을 참아가며 취업을 준비했다. 직장을 병행하면서 공부했기 때문에 잠을 최소한으로 줄이고 대신 안정된 미래를 위한 투자를 해야 했다. 하기 싫은 주입식 공부의 연속인 수험생활을 견뎌내기 위해 '이 터널만 지나면 파라다이스가

펼쳐질 거야'라는 식의 최면을 걸었다. 다행히도 터널 끝에는 '합
격'이라는 결과가 있었고 그동안의 고생을 보상받은 듯 기쁨과 안
도의 눈물이 흘렀다.

입사 후 3년 정도는 감사한 마음과 신규 직원이라는 특성
상 적응의 시기를 정신없이 보냈다. 그 후 2년은 내가 이곳에서 어
떤 마음가짐을 가지고 일하는지 생각해 보기 시작했다. 그동안 많
은 부서 이동이 있기도 했다. 5년째 되는 해부터는 회사를 벗어나
고 싶어 발버둥 쳤다. 공감하는 동료들은 술잔을 기울이며 서로를
위로했다. 하지만 같은 직장을 다니며 일을 하는 탓에 허심탄회
하게 각자의 사정을 털어놓을 수 없었다. 그들도, 나도 버틸 수 있
을 줄 알았다. 시간이 갈수록 내가 가장 먼저 이탈자가 될 것만 같
았다. 일이 밉다기보단 조직의 특성과 분위기가 나랑 맞지 않아서
갑갑했다. '이 또한 지나가리라'라는 마음가짐으로 그곳에서 말하
는 기준에 맞춰 나를 욱여넣어 보려 했다. 순응하고 싶지 않았지
만 내가 선택한 길을 스스로 부정하는 삶이 될까 봐 불안했다. 눈
치가 보였다. 눈치 보지 않을 권리는 없었다. 점점 나를 잃어가는
기분이었다.

쉬어야 했다. 다른 환경이 필요했다. 하지만 유럽에서나 있
다는 '충분한 휴식'은 그저 오르지 못할 나무였다. 법적인 제도 안
에서의 휴식도 특별한 사유가 있지 않는 한 허용될 리 만무했다.
법이나 문서에 적혀있지는 않았지만 조직마다 정해진 암묵적 룰
은 수십 가지였다.

"혼자 고생했어? 나도 다 참고 일했어. 왜 유별나게 그래?"

어렵게 말을 꺼낸 나에게 돌아오는 대답은 예상대로 매우 차가웠다. 해줄 말들이 차고 넘치지만 '내가 참는다'는 어조였다. 역시나였다. 나도 애초에 이해받을 욕심보다는 아무 말 없이 도망칠 수 없어서 예의상 꺼낸 말이었다. 내가 휴직한다는 것은 회사에서 순식간에 가십거리가 되었다. 육아휴직에는 꽤 관대한 조직이지만 그 외의 휴식은 쉽사리 용납되지 못했다. 그렇게 나는 그들에게 별나고 생각이 어린, 이상한 사람으로 치부되었다. 굳이 변명하고 싶지도 않았다. 내 인생에 정해진 길은 하나의 길밖에 없는 걸까? 다수가 하는 선택이 옳다는 가치관 속에서 개인의 다른 선택은 환영받을 수 없었다. 새로운 도전에 대한 격려와 축하의 말보다는 "조직 밖에 나가면 추워. 아무나 그렇게 하는 거 아니야. 후회할 짓 하지 마"라는 말로 마지막 인사를 대신했다.

　　만약 내가 행복 보고서의 응답자가 된다면, 여러 가지 설문 문항들 가운데 가장 낮은 점수를 매길 문항은 바로 이것일 것이다.

Q. 당신은 삶의 방식을 선택하는데 자유가 있다고 느끼나요?

□ 매우 그렇다　□ 다소 그렇다　□ 보통이다　□ 다소 그렇지 않다　■ 매우 그렇지 않다

실패의 날
매년 10월 13일 | 핀란드 국경일
FINLAND'S NATIONAL DAY OF FAILURE

2010년

'실패의 날'의 시작

2010년, 핀란드 알토 대학교
(Aalto University) 학생들의
주도로 시작된 날!
실패에 대한 두려움을 없애고,
핀란드인의 스타트 업(작은사업)
도전 활성화를 위해 서로의 실패
를 응원하는 날!

2012년

'실패의 날' 온라인 공간

2012년 8월 5일, 실패의 날
페이스북 페이지 등장!

TIPS

실패의 날을 누리는 방법

- 존경하는 사람의 개인적
  좌절에 대해 알아보기
- 두려워하는 일을 시도해보고,
  기꺼이 실패해보기
- 실패로부터 배우는 방법을
  생각해보기

2012년

'실패의 날' 국제적 확대

핀란드의 실패의 날이
전세계 17개 국가로 확대!

HAPPY INTERNATIONAL FAILURE DAY!

TRY, FAIL, TRY AGAIN, FAIL BETTER

W:R 세계행복보고서

THE WORLD HAPPINESS REPORT
2023

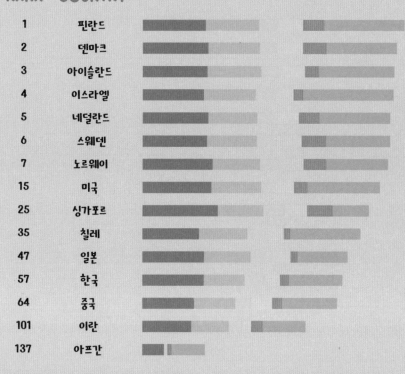

RANK	COUNTRY
1	핀란드
2	덴마크
3	아이슬란드
4	이스라엘
5	네덜란드
6	스웨덴
7	노르웨이
15	미국
25	싱가포르
35	칠레
47	일본
57	한국
64	중국
101	이란
137	아프간

■ 1인당 국내총생산   건강한 기대수명   ■ 관대함   안녕감

사회적 지원   삶을 선택할 자유   ■ 사회적 청렴도 (부패의 인식)

Finn Story 4 에코 & 네이처

Finns grow up surround by nature.
Nature is part of us. We constantly learn from it.
This is why we act together to protect is.

- UNTIL WE ACT [Finnish Climate collaboration]

FINLAND = ECO-FRIENDLY

핀란드는 자연환경을 보호하기 위한 좋은 방법들을 알고 있다. 광범위하고 상세한 환경 데이터와 높은 수준의 기술력을 활용하여 핀란드는 효과적인 환경 보호 정책을 만든다. 핀란드의 낮은 인구 밀도와 숲과 호수가 많은 청정한 환경도 자연을 보전하는 데 유리한 조건이 되어준다. 성공적인 환경 정책은 여러 방면에서 결실을 나타냈다. 오염된 호수와 강들의 정화, 산업 지역 대기질 개선, 생물다양성 보존을 위한 네트워크 구축 등에서 뚜렷한 변화가 일어났다. 특히 핀란드의 귀중한 천연자원인 숲은 예전보다 더 민감하게 관리되고 있다.

세상을 좀 더 푸르게 만들기 위해 의식주의 모든 분야에서 온실가스 배출량과 기후변화를 고려한다. 일례로 핀란드의 한 기업은 재생 가능한 전기와 공기를 사용하여 자연 단백질을 생산하는 혁신적인 방법을 개발했다. 이 모든 결과는 국가 제도나 정책뿐만 아니라 국민 개개인의 노력과 의지도 크게 작용했다. 아주 사소한 것에서부터 환경에 대한 그들의 세심한 배려와 인식이 보인다. 쓰레기를 더럽고 혐오스러운 대상으로만 여기지 않는다. 핀란드에 발을 디디는 순간, 누구나 나도 모르게 저절로 친환경 라이프를 실천하는 사람이 되고야 만다.

어디든 친환경 ① 쓰레기통에 진심

핀란드 거리에는 쓰레기통이 많다. 핀란드에 머무는 동안 쓰레기통을 발견할 때마다 카메라 셔터 누르기에 바빴다. 다양한 모양의 쓰레기통과 쓰레기통에 쓰인 환경 글귀에 감화되었기 때문이다. 쓰레기통 디자인도 독특해 도시 미관에 한몫한다. 겨울에는 함박눈이 쌓여 뚜껑을 열지 못하는 불상사를 방지하고자 쓰레기통만을 위한 지붕이 있는 나무집을 만들어 두기도 했다.

문득 떠오르는 기억이 있다. 한국에는 길거리 쓰레기통이 거의 사라지고 있다. 집에 있는 쓰레기를 마구 담아 바깥 쓰레기통에 무단으로 투기하는 사람이 많기 때문이다. 누군가의 양심 없는 행동으로 갈 곳 잃은 쓰레기는 거리에 버려져 나뒹굴다 배수관을 막고, 폭우가 쏟아지는 어느 날 도로 침수라는 악몽을 부른다.

어디든 친환경 ❷ 동물원의 의미

현지인들의 추천으로 헬싱키와 육로로 연결되어 있는 코르케아사리 Korkeasaari섬 동물원에 갔다. 핀란드에서 가장 오래되고 거대한 규모를 자랑하는 인기 명소란다. 동물의 복지와 환경을 끔찍이도 생각하는 핀란드에도 동물원이 있다니 어딘가 모순적이라는 생각이 들었다. 알고 보니 동물을 전시해 관람객을 끌어들이려는 목적이 아닌 멸종 위기에 처한 동물을 보호하는 역할을 하는 곳으로 사명감을 갖고 비영리 단체가 운영되는 동물원이었다. 다치거나 가족을 잃은 야생동물들을 위해 동물 병원을 운영하고 있기도 했다. 밀렵꾼들로부터 동물들을 보호하기 위해 순찰대를 꾸려 불법적인 암거래를 차단하고 자연 보호 구역의 보존을 위해 기부하는 등 사회 공헌 활동도 하는 동물원이었다.

섬 전체 부지를 사용하는 만큼 동물들이 자유롭게 돌아다니며 보호 중인 동물에 최적화된 환경을 조성하고 있었다. 놀라운 것은 동물원에서조차 탄소 중립에 목표를 두고, 기후변화에 대처하기 위한 노력에 힘을 보태고 있다는 것이다. 탄소 중립 코르케아사리Carbon Neutral Korkeasaari라는 문구를 곳곳에서 찾아볼 수 있었다. 기후변화와 유해 자원의 생산과 낭비는 인간뿐 아니라 생물 다양성에도 악영향을 미쳐 생태계를 교란한다는 점을 어디에서나 강조하고 있었다. 핀란드는 어디든 에코 프렌들리eco-friendly가 기본 태도이다.

어디든 친환경 ❸ 핀란드의 심장, 국립공원

숲과 호수의 나라의 핀란드를 자연 그대로 볼 수 있는 최고의 장소는 국립공원이다. 친환경 정책을 담은 제도와 기술도 중요하지만 핀란드의 진정한 모습이 담겨 있는 곳은 다름 아닌 국립공원이다. 핀란드에는 총 41개의 국립공원이 있는데 내가 핀란드에 도착하자마자 찾은 곳은 북쪽 라플란드Lapland 사리셀카Saariselka 지역에 있는 '우르호 케코넨 국립공원Urho Kekkonen National Park'이었다. 도심과 멀어질수록 자연의 매력을 제대로 느낄 수 있는 장점이 있다. 핀란드 최대 보호 지역 중 하나인 북극의 자연 속에서 천연 미스트를 온몸에 받으며 이틀간 트래킹을 했다.

핀란드 국립공원에서 할 수 있는 가장 인기 있는 활동은 이른바 노르딕 워킹nordic walking이라 일컫는 '걷기'이고, 겨울엔 크로스컨트리 스키cross-country ski로 바뀐다. 소나무와 자작나무로 넓은 숲을 이룬 공원에는 누구에게나 개방되는 오두막과 캠프사이트, 화로와 장작이 무료로 제공된다. 여름철에는 베리와 버섯을 자유롭게 채취할 수 있다. 단, 필수적으로 야생동물을 보호해야 하고 쓰레기를 발생시키거나 투기하지 않아야 한다.

'자연은 모두를 위한 것'이라는 일념으로 최근에는 휠체어를 타고도 어려움 없이 산책로를 둘러볼 수 있도록 평평한 산책로를 조성하였다고 한다. 핀란드에서는 누구라도 방문하기 좋은 국립공원을 만들어 다양한 사람들이 자연 속에서 시간을 보낼 수 있도록 배려하고 있다. 자연을 누릴 기회 또한 일종의 복지이다.

그럼에도 안녕한 마음, 안녕한 일상

긴 코로나19의 터널 끝에는 핀란드에서의 휴식이라는 잔잔하고
도 달콤한 순간이 기다리고 있었습니다. 처음 핀란드를 만나고는
우리와 너무 다르게 사는 그들의 방식과 문화가 신비로웠습니다.
그 뒤로 관심을 두고 많은 자료를 찾아보면서 스스로에게 선물하
는 연수를 계획했고 마침내 실행한 내용을 엮어 책으로 낼 수 있
게 되었습니다. 마음과 일상의 초록을 찾아다니며 만났던 이들의
응원 덕분입니다.

성실하고 근면한 나날들 속에 어느샌가 나도 모르게 과로하고 있는
우리들이 힘들어 보였습니다. 어떤 점이 다르고 왜 다른지 직접 눈
으로 보고 듣고자 했습니다. 기자도, 학자도 아니지만 지쳐가는 우
리들을 구하고자 서투른 책임감과 사명감을 두른 채 떠났습니다.
그 여정을 단순히 여행이라 말할 순 없었습니다. 짧고도 긴 그간의
경험을 담아 이 책을 만들었습니다.

맑고 깨끗한 하늘이 그립습니다. 우리는 더 이상 불행하지 않아
야 합니다. 회색빛이 아닌 초록한 일상들이 펼쳐지면 좋겠습니다.
작지만 아름다운, 풍족하지 않아도 만족하며 살아가는 방법을 조
금씩 찾아 나서려 합니다. 이 세상의 모든 초록을 찾아 떠납니다.
그럼에도 안녕한 마음으로, 안녕한 일상을 위해!

REFERENCE

PART 1 일상과 여가

Press

<국민 신뢰에 기반한 북유럽의 수도정책>, 한겨레 신문, 2019.06.17

<생수시장 폭풍성장…기후변화에 어떤 영향 주나?>, 비즈트리뷴, 2023.04.09

<굿바이 생수!>, 여성환경연대, 오마이뉴스, 2021.07.27

<Inside Finland's Plan to End All Waste by 2050>, Times, 2022.01.20

<첨단 AI 구동 로봇이 핀란드의 재활용 센터 직원을 대체하고 있다>, Ai넷, 2021.12.29

<쓰레기 정치를 시작하자>, 정치하는 엄마들, 2022.02.07

<쓰레기는 일상, 값싸고 더럽다는 생각부터 버리세요>, 국민일보, 2020.11.04

<Finland: Tax on Chocolate and Sweets to Be Eliminated 2017>, Library of congress,
2015.10.07.

<곡물자급률 20%도 곧 깨진다…위태로운 한국 '식량안보'>, 한국경제, 농림축산식품부, 2022.05.17

<인구 550만 핀란드… 도서관 730곳, 작년 빌린 책은 6700만권>, 조선일보, 2018.12.11

<Design is a tool for national production, not a cultural pastime": a Finland design
guide>, Design week, 2020.05.29

<대학생 스트레스 해소 음식 1위 남학생은 '술과 음료', 여학생은?>, 디지틀조선일보, 2019.02.27

<직장인 가장 큰 스트레스는 '성과에 대한 압박감'…해소는 '술'>, 데이터 솜, 2019.12.13

<한국인이 가장 선호하는 취미 2위 '음악 감상'…1위는?>, 조선일보, 2019.10.25

Book

『Live Like a Finn』, Hugo d'Alte, Liisa Jokinen, WSOY, 2019

Website

Finnish water forum, 2022, https://www.finnishwaterforum.fi/

HSY, https://www.hsy.fi/

<Recycling and sorting>, Aalto University, https://www.aalto.fi/en/services/recycling-and-sorting/

<전 세계적으로 노력 중인 친환경 도시>, 국가 환경교육 통합 플랫폼, 2020.07.27

<FINNISH FAMILIES GET TO GRIPS WITH TRASH>, this is Finland, 2013

<Waste statistics>, Statistics Finland, https://www2.stat.fi/index_en.html, 2020

<OODI LIBRARY ACTS AS HELSINKI'S URBAN LIVING ROOM>, this is Finland, https://finland.fi/life-society/oodi-library-acts-as-helsinkis-urban-living-room/

<What Readers Want from Writers in 2022>, Alliance of Independent Authors, https://selfpublishingadvice.org/

Report

<Plastic waste produced per person, per nation>, Science Advances, 2020

<The World's Top Countries For Food Security>, Economist Impact, 2020

<핀란드의 여름휴가 제도>, 고용노동부, 2015.07.31

핀란드 교육문화부, YLE, 2017

<WORLD'S MOST LITERATE NATIONS RANKED> University of Connecticut, 2016

Photo   ※ 그 외 사진은 저자 직접 촬영

Miikka Luotio, Unsplash

IKEA

Jonathan Chng, Unsplash

Pawel Czerwinski, Unsplash

Jakub Kapusnak, Unsplash

Andrea De Santis, Unsplash

PART 2 관계와 지지

Press

<'얀테의 법칙(Jante Law)'을 아시는지요?>, BreakNews, 2020.11.13

<영국 웨일즈, 반려동물 3자 거래를 금지하는 '루시법' 발효>, 하이엔뉴스, 2020.04.06

<동물 괴롭히는 당신, 불행해질 겁니다>, SBS NEWS, 2021.01.22

<반려동물 양육인구 36.2%...양육 경로 1위는 '지인에게 무료로 받음'>, 데일리벳, 2023.01.30

<핀란드의 청년정책 성과, 바탕은 보편적 복지>, 한겨레신문, 2021.07.07

<"쉬기위해 출근한다" 핀란드 부부에게 듣는 리얼 육아기>, 서울 경제, 2018.09.27

<한국 노동시간, 중남미 국가 제외 최장...경제성장 불구 삶의 질 위기>, 헤럴드 경제, 2023.09.28

<사교육 1주일에 6분, 그래도 성적최강 핀란드>, 조선일보, 2017.03.24

<한국, 아동청소년 사망원인 1위 '자살'>, 디지털타임스, 2022.12.27

<세미나를 통해 본 '핀란드 교육정책'>, 경향신문, 2010.09.13

Book

『세상에서 제일 우울한 동네-핀란드가 천국을 만드는 법』, 정경화, 틈새책방, 2020.02.27

Website

<Pets and domestic animals>, City of Helsinki, https://www.hel.fi/en/urban-environment-and-traffic/protection-of-the-environment-and-nature/animals/pets-and-domestic-animals#rules-in-dog-pens

Report

<Worlds of Influence: Understanding what shapes child well-being in rich countries>, Unicef, 2020

<한국 어린이·청소년 행복지수:국제비교연구조사결과보고서>, 연세대학교 사회발전연구소, 한국 방정환재단, 2021

<2022년 초·중등 진로교육 현황조사>, 교육부, 한국직업능력연구원, 2022

<전국 사교육참여율과 평균 사교육 비용 지출>, 통계청, 2022

Photo   * 그 외 사진은 저자 직접 촬영

Mika Ruusunen, Unsplash

Nicolas Messifet, Unsplash

Alexander Dummer, Unsplash

K8, Unsplash

Janis Rozenfelds, Unsplash

Malachi Brooks, Unsplash

Zhenzhong Liu, Unsplash

CDC, Unsplash

PART 3   권리와 의무

Press

<유모차 끌면 버스·지하철이 공짜...육아가 대접받는 나라>, 이데일리, 2018.01.08

<핀란드 "인터넷 서비스는 기본권" 규정>, 경향신문, 2010.07.02

<한국 vs 핀란드 디지털 교육 차이점 2가지>, The ASIAN, 2017.06.21

<그냥 버려지는 폐스마트폰, 그 이유는? "재활용 하는 방법 잘 몰라서"...>, iTdongA, 2022.11.25

<한국인은 왜 여행 가서도 스마트폰에 집중할까...사용시간 세계 2위>, 헤럴드경제, 2017.12.29

<우리아이도 스마트폰 중독?..."강제종료 대신 이것 주세요">, 머니투데이, 2022.12.26

<Which Countries Love Their Smartphones the Most?>, TANYA GOODIN, 2022.02.14

<10시 출근 4시 퇴근...'워라밸' 일군 핀란드 유연근로제>, 이데일리, 2018.01.08

<Visualizing Annual Working Hours in OECD Countries>, Visual Capitalist, 2023.06.18

<올해 2022년 한국 국가경쟁력 27위>, 노컷뉴스, 스위스 국제경영개발대학원(IMD), 기획재정부, 2022.06.16

<투명한 세금, 핀란드 복지의 원동력>, 독서신문, 2022.04.16

<핀란드 '질투의 날'이 가능한 이유>, 오마이뉴스, 2022.01.15

<'복지확대 위해 세금 더 낼 건가' 질문엔 62% "싫다">, 문화일보, 2019.06.14

<국민 10명 중 7명 "세금 부담 버겁다"... 조세부담 국민 인식 조사>, 천지일보, 한국경제연구원, 2021.04.21

<Finland publishes everyone's taxes on 'National Jealousy Day'>, World Economic Forum, 2018.11.02

Website

6GFinland, https://www.6gfinland.fi/

Posti, https://www.posti.fi/

Wolt, https://wolt.com/en/fin

Report

<Number of passenger cars registered in Finland in 2021, by model>, statista, 2021

<Electric Mobility Europe Races Ahead>, statista, 2020

<연도별 자동차 누적등록 대수, 국산과 수입차 비율>, 국토부, 2022

<Mobile phone usage in Finland 2022>, statista, 2022

<Mobile Vendor Market Share Republic Of Korea>, statcounter, 2022

<The Digital Economy and Society Index (DESI)>, European Commission, 2022

<Smartphone addiction is increasing across the world: A meta-analysis of 24 countries>, Computers in Human Behavior, 2022.04

<한국의 납세자들이 세금을 내기 싫어하는 이유 9가지>, 한국납세자연맹, 2017.11.08

Photo
* 그 외 사진은 저자 직접 촬영

HSL

Miikka Luotio, Unsplash

Marten Bjork, Unsplash

Kelly Sikkema, Unsplash

Zero take, Unsplash

Oxana Melis, Unsplash

Kate.sade, Unsplash

The New York Public Library, Unsplash

PART 4 가치와 행복

Press

<금융을 읽기·쓰기처럼 배우는 핀란드… 유치원생도 창업 익힌다>, 서울신문, 2019.02.22

<Finland is crowned Europe's most sustainable shopping country>, Fashion United, Savoo, 2022.11.10

<꽉 닫힌 지갑 명품 앞엔 활짝>, n뉴스, 2023.02.07

<전세계 가장 행복한 국가는 핀란드…한국은 57위>, 이투데이, 2023.03.20

<행복의 최고조건은 '돈'…충분한 소득자산 29.8% 1위>, 헤럴드 경제, 2022.01.04

<눈물 대신 선물과 평등 담은 핀란드 베이비박스>, 이데일리, 2018.01.08

Book

『핀란드 사람들은 왜 중고 가게에 갈까?』, 박현선, 헤이북스, 2019.11.25

『세상에서 가장 행복한 나라, 핀란드』, 안건, 하모니북, 2020.08.25

Website

Fida, https://www.fida.info/

<International Day for Failure – October 13, 2024>, National Today, 2023, https://nationaltoday.com/international-day-for-failure/

Report

<국민 삶의 질 보고서>, 통계청, 2022

<The Nordic Exceptionalism: What Explains Why the Nordic Countries Are Constantly Among the Happiest in the World>, UN, 2020

<Culture wars around the world: how countries perceive divisions>, King's College London, Lpsos, 2021

<Global Gender Gap Report 2022>, World Economic Forum, 2022

<한국이 '세계 갈등 1위' 국가다>, 서울대 언론정보연구소, 2022.03.21

<World Happiness Report 2023>, UN, 2023

Photo

* 그 외 사진은 저자 직접 촬영

Wade Lee, Unsplash

Mika Baumeister, Unsplash

Gabrielle Ribeiro, Unsplash

Ethan Brooke, Unsplash

Mika Korhonen, Unsplash

Fidel Fernando, Unsplash

Finn Story 1~4

Photo

Emilia Hoisko, Visit Finland

Julia Kivelä, Visit Finland

National Library of Finland

UNTIL WE ACT

모이 핀란드

© GREEN UNIVERSITY 2023

초판 1쇄 2023년 11월 18일

지은이	김숲•이나무
기획편집	김숲•이나무
디자인	김숲
마케팅	이나무
펴낸이	김숲•이나무
펴낸곳	그린 유니버시티
출판등록	2020년 11월 20일 제2020-000043호
주소	부산시 기장군 기장읍 차성남로 51번길 1-1, 1903
전자우편	greenuniv.2020@gmail.com
홈페이지	www.greenuniversity.kr
스마트 스토어	smartstore.naver.com/green_university
블로그	blog.naver.com/green_university
인스타그램	@green_univ
ISBN	979-11-973488-5-3 (03810)

그린 유니버시티는 정화된 마음, 새로운 배움으로 일상의 초록빛을 꿈꾸는 작은 출판사입니다.